DAS LEBEN
IST KURZ

Inhalt

I

Das Fahrrad

Ein flüchtiges Phänomen

Da steht mein Fahrrad, an eine Laterne angekettet, wie ich es verlassen habe. Dieser Anblick ist immer neu erstaunlich. Während ich mich auf die Laterne zubewegte, fragte ich mich gespannt: Wird es noch dasein? Ginge es nach den Naturgesetzen, wäre es weg. Einsame Fahrräder, an Laternen gekettet, sind Magneten. Sie stehen still, aber sie erzeugen fremde Bewegung. Von fern nähert sich der ausländische Lieferwagen. Die Männer, die ihm entsteigen, haben eine lange Zange dabei. Sie zwackt durch die Stahlkette wie die Nagelschere durch den Fingernagel. Manchmal widmen sie sich auch nur den Rädern; danach steht das Fahrrad gerupft da, geradezu wie das Messer ohne Klinge, dem der Stiel fehlt. Und dann ereignet sich eben doch immer wieder dies Eintreten des Erhofften und Erträumten. Man biegt um die Ecke, und da steht das Rad. Mag die Sonne heute abend gerne sinken, sie wird morgen wieder aufgehen.

Fahrräder werden nur von denen besessen, die gerade daraufsitzen. Sie sind den Katzen vergleichbar; wer würde wagen zu behaupten, daß eine Katze ihm gehört, bloß weil er sie gekauft hat, sie ernährt, sie impfen läßt und die Wohnung mit ihr teilt? «Mein Fahrrad» – das war das Fahrrad unterm Weihnachtsbaum, von warmem Kerzenlicht mit goldenen Glanzpünktchen übersät. Im Weihnachtszimmer, mit einer großen Schleife geschmückt, an der eine Karte mit meinem Namen hing, gehörte es mir. Als ich es ins Freie brachte, als seine Reifen Asphalt unter sich spürten und Regentropfen sich auf die verchromte Lenkstange setzten, da gab ich es schon halb preis. Es war ein schönes Fahrrad, «mit Gangschaltung», wie das damals hieß – naiv, wenn man an die dreißig Gänge moderner Räder denkt. Das Schloß war nur ein kleiner Riegel, der sich zwischen die Speichen schob. Ich stellte es vor dem Kino ab, im blauen Winterlicht, das den Schwarzweißfilm vorwegnahm. Als ich das Kino wieder verließ, war das Fahrrad weg. So lernte ich sein Wesen begreifen.

Mein Fahrrad heute gehört mir nicht. Das ist meine List: Was mir nicht gehört, kann mir nicht gestohlen werden. Es hat sich mir zugesellt. Zwei Leute hadern deswegen miteinander. Wenn es der dumme Zufall will, daß die beiden Menschen, die glauben, Eigentümer meines Fahrrads zu sein, und mein Fahrrad sich begegnen, erhebt sich Streit. «Das Fahrrad gehört der Firma! Ich habe das Fahrrad seinerzeit für die Firma erworben!» sagt die gutturale Schweizer Stimme. «Das Fahrrad wurde seinerzeit zu meinem persönlichen Gebrauch erworben!» sagt die nasale Mecklenburger Stimme. «Das Fahrrad war nach Auflösung des Arbeitsverhältnisses dem Firmenfundus rückzuübereignen!» – «Das Fahrrad war durch zahllose Schuldansprüche gegen die Firma bereits konsumiert, restlos aufgezehrt!» – «Da hätten Sie eine Rechnung aufmachen müssen; das haben Sie seinerzeit versäumt!» – «Das mußte ich überhaupt nicht – das Fahrrad ist implizit und konkludent in mein Eigentum übergegangen!» Währenddessen habe ich sehr behutsam, ohne es metallisch klicken zu lassen, das Schloß geöffnet, habe das Fahrrad leise zwischen den beiden Herren hindurchgeschoben, mich darauf geschwungen und bin davongefahren. Jetzt spüre ich das Entweichende, das Sich-Entziehende im Geist meines Fahrrads besonders deutlich.

Inzwischen ist mir mein Fahrrad zugewachsen, ohne es selbst zu merken. Wie es gerade notwendig war, habe ich eines nach dem anderen alle Teile, aus denen es einstmals bestand, austauschen lassen. Eine neue Fahrradkette, neue Schutzbleche, eine neue Lenkstange, ein neuer Gepäckträger, ein neuer Sattel. Alt ist nun nur noch die Nummer auf dem Rahmen, die so tut, als sei dies noch dasselbe Rad. Und ist doch das hybrideste Gebilde: im ganzen fremdes Eigentum, im einzelnen ganz mein. Merkur mit den Flügelchen an den Sandalen, ein Radfahrer ohne Rad, die Kaufleute und die Diebe beschützend, wird es für mich bewahren.

Fahrrads Eigenwillen

Das Fahrrad ist tot. Stählerne Röhren bilden seinen Leib; aber von einem Leib, von fülliger Skulptur kann eigentlich gar nicht gesprochen werden. Es ist der armselige, der rationalistische Ersatz von Pferd und Esel. Wenn noch so viele Leute am Wochenende ihr Pferd in einem Mietstall besuchen und dann auf beschilderten Waldwegen spazierenführen, ändert das nichts an der Tatsache, daß das Zeitalter des Pferdes untergegangen ist. Das schöne starke Tier, dessen Rücken sichtlich dafür geschaffen wurde, daß ein Mensch darauf sitzt, ist aus der jahrtausendealten Symbiose mit dem Reiter wieder entlassen. Wie Zentauren fühlten sich die Beherrscher des Pferdewillens. Kann man sich auch einen Fahrradzentauren vorstellen, einen Menschen, dessen Unterleib in eine einem Küchenmixer ähnelnde Apparatur übergeht?

Das Pferd schnaubt und dampft; auch wenn es sich den Absichten seines Herrn unterwirft und sie gar vorausahnt, ist es immer als Eigenwesen gegenwärtig. Das Fahrrad kann im Bewußtsein des Fahrradfahrers vollkommen verschwinden. Wenn die Luft lau ist und die Straße eben – hier stehen die Fahrradfahrer in der Schuld des Autos, denn für das Fahrrad allein hätte man niemals das ganze Land mit Betonpisten bedeckt –, wenn es keine Hindernisse gibt, dann kann eintreten, daß man das Fahrrad unter sich vergißt. Man fliegt durch die Luft, von einer unsichtbaren Schiene geführt, wie in älteren Inszenierungen Wagners Rheintöchter oder Mozarts drei Knaben an verborgenen Seilen durch den Bühnenraum schwebten. Aus den geschmeidig und ohne Mühe ablaufenden Strampelbewegungen ist etwas Weiches, Spielerisches geworden, ein Flossenpaddeln wie im Wasser, die Füße kreisen dort unten zu ihrem eigenen Wohlbefinden herum. Lautlos gleiten Bäume und Häuser vorbei, als würden auch sie von Bühnenarbeitern, allerdings in die entgegengesetzte Richtung, geschoben. Dann ist es Zeit für das Fahrrad, sich in Erinnerung zu bringen.

Die Selbstvergessenheit des Fahrers ist für das Fahrrad eine Provokation. Da, ein Schlagloch. Es ist tief; durch die Asphaltdecke und den Schotterbelag führt es zurück zur nährenden alten Erde. Wasser steht darin, trüb die Tiefe verschleiernd. Das Fahrrad saust hinein, es bäumt sich auf, es zuckt in ihm, es haut den Händen den Lenker aus der Hand. Wer darauf gesessen hat, weiß: Das war nicht das Schlagloch, das war das Fahrrad selbst. Es hat den Fahrer abgeworfen wie ein junges Pferd den unerfahrenen Reiter. Stürze vom Fahrrad werden von einem musikalischen Akkord begleitet, scheppernd, klingend, dröhnend. In der Stille, während der Geschundene mühsam aufsteht, dreht sich an dem liegenden Gestell ein Rad zwecklos träumerisch im Kreis. Das Fahrrad ist bei sich. Jetzt lebt es.

Wenn es dunkel wird, leuchtet der kleine Scheinwerfer, heller und dunkler werdend, wie von einem schlagenden Herzen angetrieben. Wer viele Gänge hat, kennt das Schnurren, das aus dem Fahrrad nach oben steigt, wie ein sanftes Motorengeräusch, aber nicht so monoton, organisch eben. Der stramm aufgepumpte Reifen ist ein trainierter harter Muskel; wenn die Luft entweicht, wird er schlaff und atrophisch, eine kränkliche Natur, die sich stolpernd und wund über die Pflastersteine schleppt. Heimtückisch sucht das Fahrrad gegen den Willen des Menschen Straßenbahnschienen und andere Rinnen. Da will es hinein, und wenn es drinnen ist, macht es wieder seinen berüchtigten großen Sprung. Niemandem gelingt es lange, das Fahrrad in einer Straßenbahnschiene aufrecht zu halten, denn ein Fahrrad kann man nicht dressieren.

Das subversive Fahrrad

Ist es möglich, auf einem Fahrrad würdevoll und wie ein ernstzunehmender Mensch zu wirken? In der Bernanos-Verfilmung von Robert Bresson schiebt der lungenkrebskranke jugendliche Landpfarrer in der regenschweren Soutane ein übergroß wirkendes Fahrrad den Hügel mit den verkrüppelten kahlen Apfelbäumen hinauf – da ist das Fahrrad wie ein der Heiligenstatue beigegebenes Folterinstrument, ein ikonographisches Attribut. Im *Chien andalou* von Dalí und Buñuel fährt im harten Sonnenlicht ein schwarzer Mann auf einem schwarzen Rad und wirft einen gefährlichen Riesenschatten. Hier ist das Fahrrad Signal einer surrealistischen Bedrohlichkeit. Aber sonst wirkt es stets untragisch, geheimnislos, provinziell. Wenn man in alten Lexika und Enzyklopädien die bewunderungswürdigen technischen Holzstiche aller möglichen Erfindungen und Apparaturen betrachtet, Zeugnisse eines halb verblendeten, halb genialen Bastler- und Erfindertreibens, das vor hundertzwanzig Jahren die Patentämter beschäftigte, dann ist man nah an der verstaubten Kauzigkeit, die irgendwie immer auch am Fahrrad haftet. Man kann sich vorstellen, wie der Erfinder die verlöteten Gestänge, die Pedale, die spielzeughafte Klingel einer Kommission vorführt, mit dem ganzen Stolz, der auch einer neuartigen Rattenfalle, einem noch nie gesehenen Petersiliezerkleinerer, einer Leselampe für eine Nordpolexpedition gelten könnte. Etwas von Pedalen in Schwung Gehaltenes ist ohnehin leicht lächerlich. Da gab es die Nähmaschine mit ihrem schweren gußeisernen Tisch. Oben beugte sich die Näherin konzentriert und still über die Naht; es war ein Bild der Stille und des Friedens, der *Spitzenklöpplerin* des Vermeer vergleichbar. Aber in der Kelleretage, verdeckt von der Platte des Arbeitstisches, wurde getrampelt. Der Frieden oben trog. Das Werk wurde weniger mit Auge und Hand – und das heißt: mit dem Geist – geleistet, sondern mit den Waden. Man stelle sich die *Spitzenklöpplerin* Pedale trampelnd vor! Der Zauber des Bildes wäre zumindest beeinträchtigt. Beim Tretboot wird das noch deutlicher. Rudern ist kraftvoll, männlich, eine würdige Tätigkeit. Treten ist komisch. Hans-Jürgen und Inge fahren am Sonntag Tretbötchen auf dem Main. Wir sehen die unbewegten Oberkörper des Paares büstenhaft starr an uns vorübergleiten, wie von Zauberhand nach vorn gezogen. Unter ihnen bewegt es sich, aber sie scheinen die Bewegung zu ignorieren. Es ist, als hielten sie mit ihrem Trampeln nicht nur das Boot, sondern auch sich selbst, ihr

Lächeln, mit dem sie zum Ufer hinübergrüßen, und ihre paarige Zusammengesperrtheit in Gang, als stocke nicht nur die Fahrt des Bötchens, sondern als sänken sie selbst in sich zusammen, wenn sie zu trampeln aufhörten. Auch Klaviere gibt es zum Treten. Die gestanzte Rolle ist von Paderewski eingespielt worden; jetzt wird sie eingelegt, der Beweger nimmt auf dem Klavierhocker Platz, trampelt die Pedale, die Rolle beginnt sich abzuspulen, die Tasten senken sich wie von Geisterhand gedrückt, und himmlische Musik erklingt, während es vom Trampeln zugleich rhythmisch knarrt und rumpelt. Das Pianola ist eine Radtour durch die Impromptu-Gebirge und Berceusen-Täler des Chopin.

Und nun stelle man sich den Bizyklisten vor. Früher war manchmal vom «Affen auf dem Schleifstein» die Rede, als die Messerschleifer mit ihren gleichfalls pedalbetriebenen rundschwingenden Schleifmaschinen noch unterwegs waren. Das Rhesusäffchen im roten Frack, das sich mit anklagendem Tierblick an einem solchen runden Stein anklammert – ist es nicht in Körperhaltung und verkorkster Ausgeliefertheit dem über seine Lenkstange gebeugten, das Hinterteil in die Lüfte streckenden Radfahrer zutiefst verwandt? Der Mensch als sein eigener Galeerensklave, ein Räderwerk antreibend, das umfällt, sobald er zu strampeln aufhört – da wird ein Wort wie «Menschenwürde» unversehens zu einem sehr drolligen Begriff.

Fahrrad-Glück

Das Fahrradfahren wird für mich nach Jahrzehnten, in denen ich bei jedem Wetter und zu jeder Jahreszeit durch dieselben Straßen gefahren bin, im Traum immer nur mit einem Bild verbunden bleiben: Die Schule ist aus. Es ist ein erstickend heißer Tag, der Asphalt schmilzt und steht an manchen Stellen als schwarzes Pech auf der Straßendecke. Der Aufenthalt im Klassenzimmer war eine Qual. Aber es war nicht die Hitze, die ihn unerträglich machte. Das war die Zeit des schlimmsten Schulbubengrauens, wo das «Nixtun» und «Nixlernen», wie Heimito von Doderer den entsprechenden Zustand in seinem eigenen Leben beschreibt, einen schier alptraumhaft schweren und hohen Berg von Schuld und Versagen aufgetürmt hat. Man hat so oft gemogelt, so oft geschwänzt, verschlafen, nicht zugehört, daß die entstandenen Lücken wahrscheinlich nicht mehr zu schließen sind. Jetzt fordert jeder Tag einen Offenbarungseid. Man rangiert jetzt in der Klasse ganz hinten, bei denen, die in ihrem Versagen, schon nicht mehr richtig fröhlich, vor sich hin faulen. Eine Arbeit ist zurückgegeben worden. Sie ist schlecht; man ist vom Pech der Schuld und der Vorwürfe ganz und gar beschmiert. Jetzt fällt es bereits schwer, die Unbefangenheit gegenüber den Mitschülern zu bewahren. In das freche Gesicht, das man macht, mischt sich etwas Gezwungenes. Über dem Schulhof steht die Hitze wie ein Block; wenn man da hineintaucht, wird die Schuld, die man geradezu auszudünsten meint, noch eng am Körper gehalten, sie kann nicht abziehen.

Und dann besteigt man das Fahrrad. Die Schule lag an einem Abhang. Das war ein Gefälle, das ein Fußgänger kaum spürt. Wie eine Stadt geologisch beschaffen ist, weiß nur der Radfahrer. Manche Straßen sehen ganz eben aus, aber man rollt sie hinab, ohne einmal in die Pedale zu treten. Die Straße neben meiner Schule war eine Allee, von Pappeln gesäumt. Hinter der dichten Pappelfront schaute die Ecke eines avantgardistischen Palastes aus den zwanziger Jahren hervor. Das gab der Vedute etwas magisch Modernes, altertümlich Fortschrittliches. Und in diese eingefrorene Zukunftsgewandtheit stürzte ich mich auf meinem Fahrrad. Die Straße war schnurgerade und lang, und schnell bekam das Fahrrad eine hohe Geschwindigkeit. Mein Hemd war halb aufgeknöpft, der Fahrtwind blähte es auf, der Schweiß auf der Stirn kühlte ab. In dieser sausenden Fahrt an den Pappelreihen entlang fiel das Miserable der vorangegangenen Stunden von mir ab. Die Geschwindigkeit erzeugte ein Triumphgefühl. Obwohl durch meine eigene Schuld alles unausdenklich schrecklich war, erlebte ich jetzt das reine Glück. Das konnte mir niemand, nicht einmal ich selbst mir rauben. Es gab meine Lebensgeschichte mit ihrer immer bedrohlicher werdenden Kausalitätenkette, aber daneben und dazwischen gab es diese Augenblicke der vollkommenen Freiheit. Am Anfang war das Glücksgefühl noch mit Trotz gemischt. Ich sauste den Berg hinunter, obwohl ich gerade überaus blamabel getadelt worden war, zu Lebensüberschwang also wahrlich kein Recht hatte. Aber jetzt verschwand dieser unreine Rest, der mich mit dem Vormittag verband.

Er war aufgelöst und weggeweht. Dieses Rasen an der vergangenen Zukunft vorbei, im Lichtschatten der zahllosen Pappelblättchen, das war, der Geschwindigkeit zum Trotz, ein stilles Heraustreten aus der Zeit. Wenn ich am Ende der Straße dann um die Ecke bog und zu treten anfangen mußte, klang das schöne Gefühl noch eine ganze Weile nach. Es blieb stark, solange ich im Schatten der Kastanien fuhr, die hier die Pappeln ablösten.

Die Sicherheit des hohen Tons

Warum sitzen hier so viele Leute herum? Was suchen diese Leute hier bloß alle?» Von einer richtigen Probe war heute doch nicht die Rede. Gestern erst ist Donna Anna eingetroffen; der Tenor sollte nur rasch ein Duett mit ihr durchgehen. «Warum hat dieser Saal keine Fenster? Warum ist die Luft hier so trocken und verbraucht?» Dem Tenor ist, als breche ihm gleich der Schweiß aus. Er greift sich ungeduldig an den Hemdkragen. Der Knopf geht nicht auf, er springt ab. Der Tenor trägt als einziger Künstler im Raum eine Krawatte. Er ist sorgfältig angezogen mit blankgeputzten Schuhen und gebügelten Hosen, ein adretter kleiner Mann, hübsch wie ein Zinnsoldat, gerade noch groß genug, um mit hohen Absätzen Liebhaberrollen übernehmen zu können. Er ist braungebrannt. Die etwas ins Mollige gehenden Wangen, das einzig Weiche an seiner straffen Gestalt, glänzen schokoladehaft. Jeder Tag ohne Sonne ist ein verlorener Tag. In diesem Saal ohne Tageslicht zerrinnt kostbare Lebenszeit. Wäre er jetzt an der Sonne, er brauchte nichts zu fürchten. Aber woher soll ohne Sonne die Kraft kommen?

Donna Anna ist weiß wie eine Porzellantasse, mit hellblonden Löckchen und einem pastellfarbenen Angorapullover, dessen feine Härchen ihre Gestalt mit einer hellblauen *sfumatura* umgeben. Sie lächelt. Sie ist Finnin und sieht gutmütig aus, aber sie hat keine Lust auf Unterhaltung. Der Tenor geht gern auf seine Kollegen zu, er hat «jungenhaften Charme», so hat es in einer Kritik gestanden, aber Donna Anna ist einsilbig, der Angora-Lichthof ist undurchdringlich und schirmt sie vor arglosen Zuwendungen ab. Nur eines will sie besprechen, aber nicht mit dem Tenor, sondern mit einem der Assistenten aus der Dramaturgie: Sofort soll man ihr ein anderes Hotel besorgen.

Es gibt niemanden, mit dem der Tenor lächeln könnte. Alle reden gedämpft, blättern in Plänen und Partituren, telephonieren, notieren etwas, erheben sich vom Stuhl, um jemandem etwas ins Ohr zu sagen, öffnen und schließen die Aktentasche, suchen etwas, was sie im Büro vergessen haben. Der weißhaarige Dirigent im schwarzen Pullover sieht nichts um sich herum, sondern schreibt mit Bleistift in die Noten, als sei er allein in seinem Arbeitszimmer, während der Korrepetitor, ein stark gelockter junger Mann mit hervortretendem Adamsapfel, ihm mit offenem Munde zusieht, als versuche er, dessen Wünsche in sich aufzusaugen.

«Wir werden für das Warten bezahlt, das Singen tun wir zum Spaß», sagt der Tenor. Er macht seinen Scherz mit einer Lautstärke, vor der er selbst zusammenfährt. Wer ihn kennt, kennt auch diesen Satz; man lächelt höflich. Donna Anna zupft zerstreut an ihrem Pullover. Eine sachliche Atmosphäre herrscht im Saal. Jeder, auch wer untätig auf dem Stuhl sitzt, schaut leer und zugleich Teilnahme ausdrückend vor sich hin – Gesichter, wie sie auch auf politischen Versammlungen zu sehen sind, bei denen nur wenige das Wort führen. «Wir arbeiten hier», sagen gerade die allerleersten Gesichter. Einer bringt behutsam wie ein Schiffskellner weiche Plastikbecher mit heißem Automatenkaffee herein.

«Immer dieser fatale Kaffeegeruch!» Der Tenor haßt Kaffee. Kaffee ist ungesund. Die Säure macht den Magen kaputt. Süßer Kaffee ist noch schlimmer. Der Korrepetitor gestern – nicht der beflissene Adamsapfel, sondern ein unterdrückter Choleriker mit weißblonden Haarstoppeln – war kaffeesüchtig. Die ganze Katastrophe der Probe mit diesem Mann war von Kaffeewolken eingehüllt.

«Was sind denn die Beschwerden?» fragte der Arzt heute morgen, während er mit seinem Lämpchen in den aufgesperrten Rachen des Tenors leuchtete. Der Tenor meinte, den Lichtstrahl kitzelnd am Zäpfchen zu spüren. Das Lämpchen wurde ausgeknipst.

«Es ist zu.»

«Was ist zu?»

«Die Töne – es ist nicht das gleiche. Sie bleiben stecken.»

«Sie bleiben stecken?»

«Nun – sie kommen natürlich doch irgendwie heraus –

aber tonlos. Es wird etwas Totes. Die Kraft ist da, aber kein Klang. Die Stimmbänder sind wie mit Wolle umwickelt.»

«So stellt der Laie sich das vor. Sie sind gesund. Wollen Sie trotzdem, daß ich Ihnen ein Attest schreibe?»

«Nein! Um Gottes willen!»

Warum regte er sich so auf? War da etwa ein Aufblitzen im Auge des Arztes gewesen? War der Arzt etwa ironisch, ein «Kenner der sensiblen Künstlerseele», wie man das nannte? Und hatte er nicht recht? Der Tenor war kein Star, aber er stand nur auf großen Bühnen. «Man glaubt, den jungen Ernst Haefliger zu hören. Seine Stimme besitzt Eleganz und Harmonie und eine mühelose Leichtigkeit in den großen Höhen. Ein Mozart-Tenor, wie man ihn nicht mehr zu finden meinte», hatte ein berühmter alter Kritiker nach dem ersten Don Ottavio des Tenors geschrieben. Das war vor vier Jahren gewesen. Würde er dasselbe auch heute schreiben?

«Bitte, ich darf doch jetzt endlich bitten!» sagt der Dirigent und sieht von den Noten auf.

«Ich möchte festhalten, daß ich auf einer weiteren Bühnenprobe bestehe!» sagt der Dramaturg.

«Wo ist Herr Fröhlich?» fragt der andere Dramaturg.

Es liegt Gereiztheit in diesen Wortwechseln, die Eingeweihten wissen, daß hier ein zäher Krieg geführt wird. Wer nicht daran beteiligt ist, blickt zur Seite. Donna Anna weiß von nichts. Sie ist zufrieden. Sie ist perfekt vorbereitet. Wenn es soweit ist, wird sie die von ihr erwartete Leistung abliefern. Dann wird sie im Hotelzimmer ihren Hund füttern und vom Bett aus Fernsehen gucken. Das vernünftige Gleichgewicht aus Arbeit und verdienter Entspannung hält ihre Haut jung. Sie blüht. Der Tenor sieht sie aus den Augenwinkeln an.

«Ich will singen! Ich will singen!» singt er plötzlich im Stil einer Puccini-Phrase. Der Dirigent liebt Puccini nicht; der Tenor hat einen bewährten Scherz gemacht.

«Von Takt 187 bitte», sagt der Dirigent, und augenblicklich, wie ein eingeschalteter Automat, beginnt der Korrepetitor zu spielen, übergangslos in den Erregungszustand der ausgewählten Stelle verfallend. Und auch Donna Anna nimmt ohne Mühe eine andere Haltung an, drückt das Rückgrat durch, stemmt die gefalteten Hände nach unten wie gegen einen Pfahl, öffnet den Mund und saugt die Lippen nach innen, als gelte es, ihre schönen Zähne zu verbergen. Sie steht wie eine Kunstturnerin da, die gleich zum Sprung ansetzt.

Was jetzt kommt, wird auf der Bühne in schnellem Gehen gesungen – Donna Anna und Don Ottavio eilen aus der Kulisse, um auf den eben getöteten Komtur zu stoßen –, der erste Wortwechsel der beiden dringt, noch von fern gedämpft, in den Zuschauerraum, man wird das Paar singend reden hören, ohne es zu verstehen und zu sehen, und sich vorstellen, es habe in noch größerer Entfernung, für das Publikum vollends unhörbar, auch schon gesungen, als sei die Oper, die an der Rampe spiele, nur Teil einer viel umfassenderen Komposition. Donna Anna klärt Don Ottavio in wenigen Worten über das Geschehene auf, und der läuft hinter ihr her, nicht ohne männlich und entschlossen nach dem *scelerato*, dem Verbrecher, zu fragen – das war in aller Geschäftigkeit zuversichtlich zu singen –, er werde alles in Ordnung bringen, die Dame dürfe sich beruhigen, dann ihr *In questo luogo* und dann das entgeisterte Verstummen und Versinken in der bedrohlich aufsteigenden Orchesterflut beim Anblick der Leiche. Jetzt beginnt der abgerissene, mit dem Entsetzen kämpfende Gesang der Donna Anna – großer Ausdruck, Lähmung, Schmerz, Lallen, im Ohnmächtigen sich bereits vorbereitende Leidenschaft, dann, in den Pausen, Don Ottavios besänftigende Beschwörungen. *Signora!* muß der Tenor in die Ohnmachtstiraden der Donna Anna hineinsingen, er will ein schmelzendes Flehen hineinlegen, er will unwiderstehlich sein. Er verpaßt den Einsatz.

Der Korrepetitor bricht ab. Der Dirigent blickt auf. Donna Anna schaut herüber. Sind die molligen Wangen des Tenors noch etwas weiter angeschwollen? Sie haben plötzlich etwas Mumpsartiges. Es staut sich etwas im Tenor. Er lächelt, als habe er einen großartigen Streich gemacht. Das Arbeiten ist herrlich, das Arbeiten macht Spaß, unsere Proben sind ein einziges Vergnügen, wir lachen manchmal, bis der Bauch weh tut. So spricht der Tenor gern, wenn er mit Zeitungsleuten zu tun hat. «Noch einmal von Takt 187 bitte», sagt der Dirigent.

Der eine Dramaturg beugt sich zum anderen Dramaturgen. Flüstert er etwas über den Tenor? Der andere Dramaturg nickt schwer. «Muß man mal sehen.» Das hat der Tenor, so leise es war, durch die Klaviermusik hindurch gehört. Bezieht es sich auf ihn?

«... enttäuschte Don Ottavio ... zeigte Don Ottavio

sich indisponiert … knödelte Don Ottavio und war in den Höhen unsicher … das wohllautende Organ des Don Ottavio hatte gelegentlich etwas Bellendes …» Etwas Bellendes, das ist ein besonders gemeiner Vorwurf. Wer nicht gelegentlich etwas Bellendes vertragen kann, der darf keine Tenöre hören wollen. Alle Tenöre, ausnahmslos alle, haben in anstrengenden Partien, die ihnen das Letzte abverlangen, gelegentlich etwas Bellendes. Der Tenor ist imstande, etwas gelegentlich Bellendes selbst bei Gigli oder Schipa nachzuweisen. Es kommt bei solchen heiklen Passagen nur darauf an, sie in den richtigen Zusammenhang zu stellen, ihnen etwas Sieghaftes, Überwindendes zu verleihen, ihnen Kraft mitzugeben, etwas von dem hellen Kampfschrei eines japanischen Ringers. Der Tenor kennt Leute, die nur wegen *Dalla sua pace* in den *Don Giovanni* gehen. Wenn er *Dalla sua pace* singt, steht er zum Glück allein. Das hellblaue Kuscheltier ist in die Kulisse abgezogen. Das elende Vergleichen hat dann eine Pause. Es muß ganz bös zugehen, wenn nach einem ordentlich gesungenen *Dalla sua pace* nicht wenigstens zwei bis drei Bravorufe kommen. Weniger als ein Bravo war es auch bei den letzten Malen nicht. Die Partie des Don Ottavio ist der heimliche Liebling des echten Opernfreundes. Die Regisseure meinen immer, sie müßten Don Ottavio lächerlich machen, nur weil er kein Mörder und Vergewaltiger ist. Wer auf der Bühne nicht morden und vergewaltigen darf, ist ein Spießer. Gute Manieren, Rücksichtnahme, Takt und Unaufdringlichkeit sind spießig. Wenn der Tenor das denkt, fühlt er sich Don Ottavio besonders nahe. Er ist auch solch ein netter, höflicher, ästhetischer kleiner Mann – was ist daran lächerlich oder fatal? Wäre das Leben nicht menschlicher, gäbe es mehr solche Männer wie ihn?

Wenn der Tenor *Dalla sua pace* singt, nimmt er einen ganz gewaltlosen Anfang, eine Weichheit, er schmiegt die Stimme in die Orchesterbegleitung wie in ein Daunenkissen aus Satin, das eine Rutschbahn herunterrutscht, die Stimme muß zunächst etwas Flötenhaftes haben, das Anschwellen des Flötentones, der sich in den Gehörgang einschleicht, ganz ohne Willen und Anstrengung, naturhaft – es muß wirken, als werde der Ton durch einen Windstoß erzeugt, der den offenen Mund streift. Der Tenor will zu Beginn wie eine Äolsharfe sein. Aber warum klingt die Stimme dann immer auch ein wenig verschnupft? Es ist, als gelinge dieses mühelose Herausfließenlassen nur um den Preis einer leicht verschnupften Artikulation, eines leichten Schnupfeneffekts, eines Sängerpseudoschnupfens – mit echtem Schnupfen so schwierige Partien zu singen wäre Selbstmord! –, der die tenorale Süße fein katarrhalisch abdämpft. Der Tenor schafft es auch niemals, bei solch langgezogenen Tönen – *lentissimo*! – die exakte Höhe zu treffen. Eine ganz leichte Abweichung ist offenbar unvermeidlich – nicht um einen Halbton, vielleicht um einen Viertelton oder einen Achtelton, aber hörbar, liegt er daneben, und das wird um so eindrucksvoller, je länger sich der Ton dehnt; diese winzige Tondifferenz schafft eine Sehnsuchtspannung und hat einen viel größeren Effekt als das maschinelle Richtigsingen der Donna Anna. Dem Tenor ist bisher alles zum Guten ausgeschlagen. Jeder Fehler, jede Unvollkommenheit ist ihm als besondere Qualität angerechnet worden. Das verleiht eine unzerstörbare Sicherheit, dieses Gefühl, niemals etwas falsch machen zu können, nicht wahr?

Töne hervorströmen lassen, Töne verplätschern lassen, Töne anschwellen lassen von einem bloßen Hauch bis hin zu einem schneidenden Spitzenton – wie eine Brunnenfigur sein, aus der die Musik wie Wasser hervorsprudelt –, dann plötzlich auch einmal männlich pressen, Kraft vorführen, mit Stimmbandmuskeln ein goldenes Schwert durch die Luft schwingen, unversehens wieder flöten, den Flötenton versilbern, in ein nervig schmerzliches Sprechen verfallen, einen geradezu blechernen Nachdruck entwikkeln – das waren die Mittel des Tenors, mit denen er so frei umging, wie ein Delphin sich in den Wellen tummelt, lustvoll in sie eintauchend und aus ihnen hervor- und über sie hinwegspringend. Wann hat der Tenor zum letzten Mal diese eintauchende und in die Lüfte schießende Singlust erlebt?

«Es ist nicht mehr das Blech, was man hört, obwohl das auch nicht schön war. Es ist ein Krähen. Ich krähe wie ein Junghahn.» Der Tenor ergeht sich in Selbstanklagen. Wenn Donna Annas Stimme sich eintrübt und rauh wird, ist das erschütternd – eine heiser geweinte Stimme, die achtlos über ihre Erschöpfung hinweggeht. Woher nimmt die Frau denn das? Diese Frau ist doch vollkommen gefühllos! «Wenn ich an ihrer Seite eingehe, wird sie einfach immer weitermachen, als merke sie nichts. Sie hat die Kollegialität, die aus der Ranggleichheit kommt. Wer neben ihr singt, hat denselben Rang wie sie zu haben. Innerhalb desselben Ranges gibt es keine Kritik. Stellt der Rang sich als ungleich heraus, hat man zu verschwinden.»

Im Rücken des Tenors entsteht eine leise Unruhe. «Herr Fröhlich ist jetzt da», sagt eine Stimme. «Bitte noch einmal ab Takt 187.» Das ist der Dirigent. Mit offenem Mund beginnt der Korrepetitor seinen Lärm. Donna Anna springt in ihre Startposition. Auch der Tenor stellt sich breitbeinig hin. Er rammt sich gleichsam ins Parkett, damit seine kleine geblähte Brust von den Stürmen der in sie hineingepumpten Luft nicht weggetragen wird. In diesem ersten Duett ist Don Ottavio nichts als ein Stichwortgeber der rasenden Donna Anna; er muß genauso gut wie sie sein, aber niemand wird das honorieren. Alles macht Donna Anna – das Vorpreschen, das Innehalten, das Herausstoßen von Satzfetzen, das Tasten im Dunkeln – etwas Feuchtes – *Il sangue!* – das Kraftverlieren, Umfallen, Sterben – *Io moro!* Don Ottavio steht eigentlich nur neben ihr, um sie aufzufangen. Donna Anna ist leicht, aber unter dem Angoraflaum ist der Körper fest mit wegrutschenden, geschmeidig knorpelhaften Katzenknochen.

Jetzt darf Don Ottavio schließlich in Fahrt kommen. Donna Anna tröstend, Donna Anna überredend; sie matt, er flehend, sie schwach, er aufrichtend. Ins Schweigen der Sterbenswilligen fällt eine düstere Musik ein. Sie rafft sich auf. Don Ottavios Wiederbelebung hat Erfolg, sie stößt ihn weg und rast. Ein Wutanfall. Don Ottavio schaltet sich ein; er werbend, sie fragend, er versprechend: *Lascia, cara!* Sie schwingen sich jetzt zusammen, sie singen jetzt nicht mehr gegen-, sondern miteinander. Wie ein Korkenzieher schraubt sie sich mit ihrem Willen und ihrer Leidenschaft in ihn hinein, bis ihre Seelen fest ineinandergewunden sind. Da packt sie ihn und zieht sein letztes Stückchen Ich aus ihm heraus. Vom Klavier kommt eine rumpelnde und zugleich gefährlich brausende Musik. Donna Anna und der Tenor sinken ein klein wenig zurück und auseinander, eine winzige Bewegung, die zeigt, daß der Spannungsfaden durchschnitten ist.

War das jetzt gut? Das war doch jedenfalls nicht schlecht? Zwischendrin hat dem Tenor seine Stimme ein paarmal in den Ohren gegellt. «Donn' Anna! Sposa! Amica!» Das war scheußlich. Aber es lief doch im ganzen?

Der Dirigent sagt kein Wort. Er blättert in der Partitur, als sei er in seiner Bibliothek. Donna Annas Blick begegnet dem des Tenors, aber beide wenden den Kopf schnell weg. Es ist, als habe der Tenor eine unbekannte Dame zu einem sehr intimen Tango aufgefordert, den beide stumm getanzt haben – und danach drehe sich die Dame um, als schaudere es sie vor ihm. Unmöglich, in der Miene des Korrepetitors zu lesen. Er guckt nichtssagend und treu auf seinen Herrn, den Dirigenten, der ihn mit einem Wort bewegt und ruhigstellt. Die Dramaturgen sprechen jetzt ernsthaft und ununterbrochen, als verabredeten sie etwas. Wer sagt dem Tenor, wie er gesungen hat?

Alle wissen Bescheid. Alle haben genau gehört, wie es um ihn steht. Vier Aufführungen hat er noch unter Vertrag, daran kann man nicht rütteln. Aber die Wiederaufnahme im Herbst steht noch nicht fest. Als halte er Ottavios Degen gezogen in seiner Hand, tut der Tenor einen Schritt nach vorn. «Ich war heute morgen beim Arzt», sagt er in die Leere um sich herum. «Ich habe eben nicht ausgesungen.»

Der Dirigent sieht von den Noten hoch. «Es war in Ordnung.» Der Korrepetitor nimmt diese Worte mit seinem Mund auf und sagt dann gleichfalls: «Doch, es war in Ordnung.»

Wozu braucht man eine Zeitung?

«Ich verstehe nicht, wieso wir uns in den Ferien in eine noch häßlichere Umgebung setzen müssen als zu Hause in Berlin», sagte die junge Frau, die sich mit verdrossener Miene in das erbsensuppenfarbene Gewöll des aufgeklebten Teppichs versenkt hatte, während der Mann mit einem friedvollen Lächeln aus dem Fenster guckte.

«Du siehst von hier das Weißhorn, einen Dreitausender, blank wie einen Bergkristall, ein heiliger Berg wie im Himalaja, daneben die Rürisalpe, den Birkenstock und den Watzmann», antwortete er, aus der Entzückung allmählich zurückkehrend, aber auf seinen Zügen lag noch ein fernes stilles Leuchten von Firnschnee und blauen Gletscherspalten.

«Ich sehe vor allem, daß wir am Ende der Welt sind, für jede Tüte Milch müssen wir eine halbe Stunde mit dem Auto fahren, und nicht einmal eine Zeitung kriegt man in Jeizinen.»

Im Fenserviereck zog ein Insekt seine Flugbahn, als

wolle es angesichts ungehemmter Aussicht ins Weite für eine zierliche Vordergrundstaffage sorgen.

«Eine Wespe», sagte die Frau; sie sprach leise und gespannt. Konnte das Insekt sie hören?

«Eine Biene», sagte der Mann, «sie sammeln hier köstlichen Tannenhonig, um den Baum dort hinten tummeln sich Hunderte.»

«Das sind Wespen», sagte die Frau illusionslos und mit kaum noch beherrschter Panik. «Von Wespenstichen kann man Erstickungsanfälle kriegen, man kann zuschwellen, bis man die Augen nicht mehr öffnen kann, man kann querschnittsgelähmt werden; ein Leben im Rollstuhl nach einem einzigen Stich, ich kenne solche Fälle.»

«Wespen unterscheiden sich von Bienen durch Farbe und Körperbau.» Die Stimme des Mannes nahm etwas Dozierendes an. «Wespen sind giftig-schwefelgelb und drahtig, wie mit dünnem Papier beklebt, während Bienen weichgerundet sind, pelzig mit warmen Honigtönen und einfach viel milder, voluminöser.»

«Wenn du das so genau weißt, dann sag mir: Ist das eine Biene oder eine Wespe?»

«Sie bewegt sich zu schnell und ist zu klein und außerdem schwarz im Gegenlicht», antwortete der Mann.

Behutsam, durch die Fensterscheibe geschützt, bewegte die Frau den Fensterflügel und schlug ihn dann unversehens zu. Fein pochend traf das Glas auf den Insektenkörper. Aber das verwirrte das winzige Flügelwesen nur einen Augenblick lang. Es wandte sich vom Haus ab und flog schnurgerade ins Blaue, Ungemessene.

«Ich weiß nicht, wie ich es hier ohne Zeitung aushalten soll», murmelte die Frau.

«Es ist gut, daß wir keine Zeitung haben», sagte der Mann. «Wenn ich für eine Zeitung schreiben soll, darf ich keine Zeitung lesen. Wenn ich eine Zeitung lese, beginne ich mir den Kopf zu zerbrechen, was eine Zeitung wirklich braucht. Wie kann ich da anfangen, das essentiell Unbrauchbare zu schreiben, was sie von mir erwarten? Tänzelnd, geschwätzig, substanzlos zu sein, wie sie das immer haben wollen? Unnötiges zu schreiben, wenn ich mir gerade darüber im klaren bin, was für eine Zeitung heute nötig wäre?»

«Wenn ich meinen ersten Wespenstich habe, reisen wir ab.»

«Das geht nicht, ich muß erst meine drei Artikel geschrieben haben.»

Diese höfliche Korrektur machte die Frau zornig. «Ich muß in diesem geschmacklosen Chalet im Hochsommer mit geschlossenen Fenstern ausharren, um nicht von den Wespen aufgefressen zu werden, damit du deine unnötigen Artikel schreiben kannst.»

«Ganz unnötig sind sie nicht. Zuerst ist eine Glosse über den Nationalstolz an der Reihe. Ich möchte die These vertreten, daß die Deutschen erst mehrheitlich Türken werden müssen, um wieder auf den Sieg über die Türken bei Wien stolz sein zu können. Ich gebe zu, es ist ein etwas verwickelter Gedanke, sozusagen um die Ecke gedacht, aber gerade deswegen doch eigentlich ganz geistreich, nicht wahr? Ich frage mich nur: Ist das ein langer Riemen von zehntausend Zeichen oder ein frecher, spritziger Zwanzigzeiler? Das sollte man vor dem Anfangen schon wissen ...»

«Wenn du jetzt nicht anfängst, könnten wir ins Tal fahren und eine Zeitung kaufen», sagte die Frau.

«Ich könnte auch mit meinem seit langem geplanten wissenschaftlichen Artikel über die Amphoren anfangen», fuhr der Mann fort, als habe er nicht gehört. «Es klingt kaum glaubhaft, aber es ist eine erregende Vorstellung und wahrscheinlich eben doch irgendwie möglich: Die Töpferscheiben der Antike könnten wie die Wachszylinder funktioniert haben, mit denen man die ersten Schallplattenaufnahmen gemacht hat. Stell dir vor, daß man einer alten griechischen Vase mit einem noch zu entwikkelnden Abhörgerät die Gespräche der Töpfersklaven ablauschen könnte.»

«Au, mich hat eine Wespe gestochen.» Die Frau sprach so kühl, daß der Mann sie ansah. «So etwas wird dein antiker Sklave sagen», erklärte sie. «Ein Genie muß einen wahnsinnigen Abhörapparat für die Vase erfinden, damit man einen alten Griechen seine Banalitäten erzählen hören kann.»

«Ich finde, man könnte mit der bloßen Möglichkeit einer solchen Übertragung etwas beweisen, jedenfalls wäre es doch Stoff für einen Artikel – etwa so: Wir haben immer gewußt, was Sokrates sagte, aber wir haben ihn nicht *gehört*. Außerdem wäre der Aufsatz gut zu illustrieren, mit Photos von Vasen.»

Die Frau war aus dem Zimmer gegangen; man hörte

aber ihr Selbstgespräch aus der Küche. «Diese Idiotie, sich in ein Haus mit Gasflasche zu setzen. Alle Ferienhäuschenbesitzer hantieren mit der schweren Bombola herum. Ich will Kaffee trinken und muß erst diese Bombola anschließen und mir die Fingernägel einreißen. Ich wünschte, wir wären in Berlin geblieben.»

«Asien ist auch schön», sagte der Mann. «Ich habe mal einen Wuppertaler Möbelfabrikanten interviewt, der für asiatische Wohnkultur warb ...»

«Ich dachte, du hättest mal geschrieben, daß man ‹Wohnkultur› nicht sagen darf – ich bin so blöd, diese Pseudoregeln von dir zu übernehmen, und du selber hältst dich nicht dran», rief die Frau aus der Küche; sie saß dort still und schaute in die bläuliche Gasflamme unter dem zerbeulten Aluminiumkessel. Vor dem Küchenfenster stiegen die Wespen auf und ab wie Fische in einem Aquarium. Die Frau dachte: «Hier muß irgendwo ein Nest sein.»

«Der Möbelfabrikant vertrieb Bambusmöbel in philippinischem Kolonialstil – was waren die Philippinen überhaupt für eine Kolonie? Hab ich vergessen.» Der Mann verlor sich in der Schau einer inneren historischen Landkarte. «Dieser Fabrikant war von der Minderwertigkeit des Bambus überzeugt; er entwarf und verkaufte Bambus-Möbel, aber nur aus künstlichem Bambus, aus Plastik, um die Wahrheit zu sagen. Ich fand das faszinierend – ein Mensch verliebt sich in ein Material, das er für unbrauchbar hält. Was geht in einem solchen Kopf vor? Das war die Grundlage für einen spannenden Artikel.»

«Meinst du, daß Wespen Zähne haben? Daß sie sich

wie Termiten in ein Haus hineinknuspern können? Ich traue den Wespen zu, daß sie mit ihren Nestern die Spalten im Holz sprengen und sich durch die Ritzen hindurchzwängen. Sie sind derart trockene Wesen, daß sie sich im Holzig-Staubigen sicher besonders wohl fühlen.» Die Frau war jetzt von ängstlicher Wißbegier überwältigt und klang weniger feindselig.

«Dies ist ein Beton-Haus, mit Holz als traditionelles Waldarbeiterhaus geschminkt. Hier hat man mit Brettern auf Beton-Korpus einen regional-romantischen Türken gebaut; da sind wir übrigens wieder bei den Türken – ich beweise Instinkt mit meiner Türken-These, Türken sind aktuell.»

«Warum haben wir dieses Haus genommen?» fragte die Frau. «Im Bad liegt eine Wuschel-Matte in Hellblau, in die zwei sich küssende Delphine von der scherzhaften Art hineingewebt sind. Es ist mir ein Graus, barfuß auf diese Matte zu treten. War es nur die Entfernung vom Zeitungskiosk, die für dich maßgebend war, oder doch die Liebe zu den Wespen?»

«Wenn die Wespen nicht doch Bienen sind, hochkultivierte Tiere, dem Menschen schon länger nützlich als die Kuh», sagte der Mann. «Ich würde gern eine Kulturgeschichte des Haustieres schreiben, darin müßten freilich auch die Neandertaler vorkommen, und die Neandertaler waren so häßlich. Aber es muß ganz früh ein Bewußtsein dafür gegeben haben, daß Wespen-Totschlagen eine Wohltat und Bienen-Totschlagen ein Verbrechen ist – und das, obwohl beide gleichermaßen stechen und vom Allergologischen her ein Bienenstich mit einem Wespenstich durchaus vergleichbare Folgen haben kann – vor allem, wenn man die Biene versehentlich mittrinkt und sie in den Hals sticht. Mein erster Beitrag für die Jugendecke der Regionalzeitung war die Beschreibung, wie man einen von einem Stich zugeschwollenen Hals durch Luftröhrenschnitt öffnet und den Spalt mit einer Kugelschreibermine offenhält – damals begannen Pfadfinder Kugelschreiber in ihre Notapotheken zu packen, aber von den örtlichen Medizinern kam auch Kritik, sie fürchteten ein Taschenmessergemetzel an jugendlichen Hälsen.»

«Noch niemals hat irgendwer auf der Welt einen Ratschlag aus der Zeitung befolgt», sagte die Frau, «der Leser weiß instinktiv, daß jede Art von Artikel meilenweit von der Realität entfernt ist, reine Unterhaltung.»

«Es ist nicht so schlimm, wie du denkst. Ich bemühe mich unablässig, Maßstäbe zur Erfassung der Wirklichkeit einfließen zu lassen. Jetzt, wo sich das Pontifikat Johannes Pauls II. seinem Ende entgegenneigt, wäre es lohnend, einmal zu untersuchen, wie sich im zwanzigsten Jahrhundert die Päpste mit Brille von den Päpsten ohne Brille unterschieden haben. Jeder versteht sofort, daß die hohe, spitze Mitra des Papstes mit einer Brille nicht zusammenpaßt. Das Jahrhundert begann mit Pius X. zwar noch ohne Brille, der Weltkriegspapst allerdings trug schon Brille, Pius XI. und Pius XII. waren in einem Ausmaß Brillenträger, daß der letztere auf seinem Denkmal sogar noch eine Bronze-Brille trägt, Johannes XXIII. zwar ohne Brille, dafür aber Paul VI. und Johannes Paul I. wieder mit Brille, und erst mit Johannes Paul II. klingt das Jahrhundert brillenlos aus ...»

«Das willst du schreiben?» fragte die Frau.

«Ich sammele noch Material», antwortete der Mann.

«Ich fahre jetzt ins Dorf und komme erst zurück, wenn ich eine Zeitung habe.»

«Wie schade», sagte der Mann. «Du störst mich überhaupt nicht bei der Arbeit. Ich finde, meine Aufsätze werden besser, wenn ich sie vorher irgend jemandem einmal mündlich vorgetragen habe. Man hört dann, wie die Idee klingt – wenn sie nicht auf einen Unbeteiligten wirkt, wie soll sie dann die Leser überzeugen? Bevor ich einen Artikel schreibe, muß ich ihn ausprobieren, indem ich mich darüber unterhalte. Wenn ich ihn geschrieben habe, berühre ich das Thema nie wieder, erinnere mich auch nicht mehr richtig daran, das ist dann erledigt. Gut, nicht wahr? Auf diese Weise werde ich dich nie langweilen.»

«Ist Auf-die-Nerven-Gehen in Wirklichkeit nicht auch sehr langweilig?»

Mit dem Mann konnte man sich nur schwer streiten. Je schärfer man ihn angriff, desto freundlicher wurde er. Das sei professionell, hatte er der Frau gelegentlich erklärt. Angriffe müsse man stets als «Stoff» betrachten, und Stoff sei stets willkommen. Wo bleibe ein Artikel ohne Stoff? Eine Weile gehe das gut, aber irgendwann fordere der Leser wieder feste Nahrung, auch wenn er sie augenblicklich wieder ausscheide.

«Ich war vor unserer Abreise noch auf einem Kongreß, einer Begegnung zwischen Schriftstellern und Managern.

Es ging darum, daß Schriftsteller die Arbeitswelt kennenlernten, für die sie sich überhaupt nicht interessieren, denn sonst wären sie schließlich nicht Schriftsteller geworden. Manager, die nicht lesen, und Schriftsteller, die nicht arbeiten, sprachen über das, was sie zusammen auf die Beine stellen könnten. Schließlich erhob sich ein zorniger Schriftsteller und rief in den Saal: ‹Wir sollen die Feigenblätter sein, die Ihnen hinterherlaufen!›, und darauf antwortete ein Manager ebenso leidenschaftlich: ‹Wir sind nicht aus dem Holz geschnitzt, in das Sie uns hier drükken wollen!› Ohne diesen Dialog hätte ich nichts gefunden, worüber zu berichten gewesen wäre. Er trug meine Glosse sogar noch, als er in der Schlußredaktion gestrichen wurde.»

«Gib mir den Autoschlüssel», sagte die Frau, die sich während seiner Worte mit Schals und Pullovern vermummt hatte. «August in der Schweiz», sagte sie höhnisch.

«Wie heißt es über den Winter bei Matthias Claudius: ... doch hat er auch ein Sommerhaus im schönen Schweizer Lande.»

Bemerkte er, daß die Frau das Zimmer verlassen hatte? Er sprach jedenfalls weiter, als ob sie ihm immer noch lausche.

«Die Schweiz bietet überhaupt Anlaß zu wundervollen Studien. Ich habe in Basel einmal im Hotel der Blaukreuzler gewohnt, darüber will ich meine Reiseblatt-Reportage machen, nachdem die Zeitung mir die Argentinien-Reise gestrichen hat. Eine Antialkoholiker-Gruppe zelebrierte im Blaukreuz-Saal einen Tango-Abend. Rote Birnchen leuchteten, auf den Tischen standen die Limonadenflaschen, und zu den lasterhaftesten Liedtexten schoben sich die Paare in komplizierten Figuren durch den Saal. Die Feier von Promiskuität und Messerstecherei als temperenzlerische Freizeitgestaltung – in meiner Reportage möchte ich diesen Abend als Inbegriff alles Schweizerischen, als Inkarnation der Helvetia erscheinen lassen. Die Schweiz auf den Punkt bringen – das soll mein Ehrgeiz bei dieser Reportage sein.»

Daß die Frau nicht antwortete, gab den Worten einen größeren Hall. Sie schwebten eine Weile wie Zigarettenrauch im Zimmer.

«Es gibt nur ein Problem: Ich habe mit einem Mann dort ein Gespräch geführt, ich wollte ihn fragen, ob das Tango-Tanzen und Mit-den-Beinen-Winken ihn glücklich mache, und darauf antwortete er mit großem Ernst, es komme nicht darauf an, glücklich zu sein. Worauf es denn ankomme, war meine augenblickliche Frage, und daraufhin sagte er etwas sehr Interessantes, was mich vollständig befriedigte, was ich aber leider vergessen habe – meinst du, das darf ich einfach irgendwie ergänzen?»

Woher war die Wespe in das inzwischen recht stickige Zimmer eingedrungen? Draußen war es beinkalt, aber die Sonne schien durch die Scheiben und ließ die Tischplatte regelrecht heiß werden – «Treibhauseffekt», dachte der Mann zufrieden. Die Wespe war wirklich eine Wespe, jetzt konnte er sie in Ruhe identifizieren. Sie war wie betäubt, gekrümmt und zusammengeschnurrt, und kroch zwischen den Papieren umher wie durch eine Schneewüste. Gar nichts gab es dort zu naschen. Eine dunkle Wolke schob sich über sie; die Wespe hielt inne, fand aber nicht den Schwung zum Abflug. Dann klatschte die Katastrophe auf sie herab. Die Frau war von hinten mit einer zusammengerollten Zeitung an den Tisch herangetreten und hatte die Wespe zermalmt. Der Mann sah sich um; er war verwirrt.

«Bist du so schnell zurück?»

«Ich mußte zum Glück nicht ins Dorf fahren. Im Kofferraum lag noch eine Zeitung, zum Wespen-Erschlagen braucht man ja keine von heute.»

II

Ticktack

Sieben Variationen zum Thema Pendel

Die physikalischen Grundbegriffe

Seitdem Madame de Quelquechose wegen ihrer spitzen Zunge vom Hof verbannt war und sich auf ihrem Landsitz aufhielt, empfing sie die brillantesten Gelehrten und ließ sich von ihnen in die Wissenschaften einführen. Die Nachmittage verbrachte sie meist mit dem jungen Abbé, dessen Heilige Schrift die Enzyklopädie war und der selbst wichtige physikalische Artikel dazu beigetragen hatte. Bei Tisch hatte er erzählt, wie Galilei durch die Schwingungen einer Lampe im Dom zu Pisa auf die «gleiche Dauer der Pendelschwingungen bei ungleicher Größe der Ablenkung» aufmerksam wurde und so das Mittel zu einer genauen Zeitmessung fand. Die Dame blickte nachdenklich auf ihren Kronleuchter, der völlig unbeweglich hing und sich nach langem Hinsehen vielleicht doch ein ganz klein wenig drehte, und war etwas enttäuscht, in ihrem Haus, was physikalische Erscheinungen anging, nicht autark zu sein. Um sie davon abzulenken, versprach der Abbé, sie tiefer in sein Wissen über das Pendel einzuführen.

Die Dame und der Gast kamen in einem kleinen hellgrau getäfelten Kabinett neben ihrem Schlafzimmer zusammen. Ihr Haar fiel offen herab, und sie trug ein einfaches weißes Kleid, und auch sein Haar war ungepudert, denn man war auf dem Lande und beschäftigte sich mit ernsthaften Dingen.

«Das Pendel», sagte der Abbé, «ist ein an einem Faden aufgehängter schwerer Körper. Entfernt man das Pendel aus seiner lotrechten Gleichgewichtslage» – er gab dem kleinen Bleilot, das er an einem Faden hielt, einen Stoß – «und überläßt es dann sich selbst, so kehrt es unter Einwirkung der Schwerkraft mit beschleunigter Geschwindigkeit dahin zurück. Dort kann es aber nicht plötzlich zur Ruhe kommen, sondern es geht nach dem Gesetz der Trägheit vermöge der erlangten Geschwindigkeit jenseits über den Punkt der Gleichgewichtslage hinaus, indem es mit abnehmender Geschwindigkeit einen ebenso großen Bogen durchläuft, an dessen Ende seine Geschwindigkeit durch die entgegenwirkende Schwerkraft erschöpft ist. A wollen wir den Punkt nennen, wo ich bin, D den Punkt, wo Sie sind. Die Bewegung des Pendels zwischen A und D heißt die Schwingung, die Amplitude hingegen ...»

«Mein lieber Abbé», sagte die Dame und betrachtete die Hand des Physikers, die das Pendel hielt und ganz leicht zu zittern schien. «Sie sagten da etwas von einer Schwingung zwischen A und D? Eine Schwingung zwischen uns, mit womöglich meßbarer Amplitude?»

An diesem Tage pendelten sie zwar nicht weiter, aber die Vorlesung wurde im ganzen ein voller Erfolg.

Die praktische Nutzanwendung

Die Abende mit dem Patenonkel waren ein einziges Glück. Der Junggeselle war ein richtiger Kinderonkel. Er spielte dem kleinen Publikum mit Schreckensmienen und großen Gesten jeden Satz der Geschichte vor, die er zum Gutenacht-Sagen ausgesucht hatte. Er folgte einer lobenswerten Doktrin – keine Kinderbücher für Kinder! Die Kinder müssen von Anfang an Literatur hören und lesen. Man mußte nur das Richtige aussuchen. Bei Edgar Allan Poe zum Beispiel gab es vieles, was sich zum Vorlesen nicht eignete. In seinen Erzählungen stieß man immer wieder auf weitschweifige, durch kraftvolles Vokabular nicht kurzweiliger werdende Episoden, denen Kinder nur wenig Geschmack abgewannen; man mußte außerdem unaufhörlich etwas erklären. Aber eine Geschichte gab es, und es war auch noch eine der berühmtesten, die in ihrer monumentalen Einfachheit jedes Kind genauso stark wie der herangewachsene Literaturkenner empfinden mußte: «Die Grube und das Pendel».

Gab es eindringlichere Bilder der Angst als Poes Erfindungen? Bewegungslos und allein das allmähliche Näherkommen von etwas Bösem erwarten zu müssen, das war die Alptraumsituation, die Poe genial gesteigert hatte. Die Versuchsanordnung in dem Schreckenskerker war von geradezu abstrakter Schönheit: der Steinblock in einem turmhohen Raum, darauf ein gefesselter Mensch und über ihm in großer Höhe, in schwachem Licht ohne erkennbare Quelle, das Pendel, auf und ab schwingend. Und dies Pendel kam näher. Es dauerte eine Weile, bis der Mann begriff, daß es tatsächlich näher kam. Es schwang auf und ab und arbeitete sich dabei nach unten, jede Schwingung kam ein wenig tiefer an als die letzte davor. Und dann dauerte es immer noch lange, bis der Mensch das Pendel deutlich sah und erkannte, daß das Gewicht ein scharfes rundes Messer war; und noch länger, bis er das Pendel auch hörte, das scharfe Sausen in der Luft, ein technisches Geräusch, das der vollkommene Ausdruck der Erbarmungslosigkeit war.

«Und so etwas machte die In...», fragten die Kinder in den bangen Momenten nach dem letzten Satz.

«Die Inquisition?» sagte der Onkel. «Nein. Das ist dummes Zeug. Edgar Allan Poe hat zuviel in den Schwarzen Legenden geschmökert. Das ist alles ausgedacht.»

«Er hat sich alles nur ausgedacht!» sagten die Kinder; moralische Entrüstung lag in ihren Mienen.

Ein vertaner Abend? Der kleine Junge bemerkte die Ratlosigkeit des Patenonkels und wollte ihn trösten. «Das mit dem Pendel ist trotzdem nicht schlecht – das könnte man sicher ganz leicht nachbauen!»

Die spezialisierte Fortentwicklung

«Ich bitte Sie, mich nicht immerfort Pendler zu nennen», sagte der zierliche kahlköpfige Mann zu dem langen dünnen Mädchen, das ihn mit Abneigung und zugleich heftiger Neugier ansah. «Ich bin Spezialist für Radiästhesie.»

«Was immer Sie sind – ich glaub da nicht dran. Nie werde ich da dran glauben!»

Ihre Augen sagten nicht geradezu das Gegenteil, jedenfalls lag in ihrem Blick die dringende Aufforderung, endlich mit der Überzeugungsarbeit zu beginnen. Die Praxis lag in einem Zwischenstock mit Blick auf eine breite Straße, aber durch die gelben Nylonvorhänge drang der Verkehr von draußen nur gedämpft; dafür hörte das Mädchen sein Herz sehr deutlich schlagen.

«In der geistigen Sphäre, in der ich lebe, kennt man keine unbelebte Materie», sagte der Spezialist, der zu dem Mädchen aufblickte, als rufe er ihm aus einem Brunnen etwas zu. «Menschen, Pflanzen, Mineralien, Metalle, Steine, ob auf, über oder unter der Erde, haben ihre eigene Geistigkeit, ihr Bewußtsein. Steine können widerspenstig, rechthaberisch, unzuverlässig, ja, sogar heimtückisch sein, wenn sie Gegenstand eines Mutungsvorgangs werden. Mit dem Begriff ‹die Tücke des Objekts› sollte man keine Witze machen. Mit dem Pendel trete ich mit dieser Sonderform des Lebendigen in Verbindung.»

«Sie wollen an einem Photo feststellen, wo dieser Mann ist? Ja, dann machen Sie das doch endlich!»

Da lag das Photo, ein junges Genie mit Brille und Haarschopf war darauf zu sehen. Der Spezialist hielt sein Pendel darüber, es hing schwer wie ein Bleitropfen.

«Sie wackeln ja!» sagte das Mädchen plötzlich empört.

«Halten Sie den Mund», sagte der Spezialist.

Jetzt war es ganz still. Der Straßenlärm wurde zu

einem leisen Rauschen im Kopf. Und jetzt begann das Pendel, in Bewegung zu geraten. Der Faden war gespannt wie ein Draht, das Gewicht schwang, als werde es an ihm geführt, und fand allmählich in eine Kreisbewegung hinein. Bald kreiselte das Pendel wie ein Kettenkarussell. Wenn das Photo tatsächlich Bewußtsein besaß, mußte ihm bei diesem Anblick schwindlig werden.

«Der Mann ist in Ihrer unmittelbaren Nähe», sagte der Spezialist, ohne aufzublicken.

«Dummes Zeug, er ist weit weg, bei Leuten, wo ich nicht anrufen kann.»

«Nein», sagte der Spezialist.

Das Mädchen sank in sich zusammen. Es war, als gewinne eine Einsicht die Herrschaft über sie. «Das ist ja schrecklich», flüsterte sie verzweifelt.

Die makabre Spielart

Es sind nicht nur die kleinen Formate der Blätter, die die Gestalten auf Goyas Radierungen von den «Schrecken des Krieges» so zwergenhaft wirken lassen. Kurze Beine und große Köpfe haben die Soldaten und die Guerilleros, die Bäuerinnen und Flintenweiber. Sie kennen keinen Müßiggang. Das Morden und Plündern und Anzünden ist eine Arbeit, der sie mit der Zähigkeit eines Ameisenvolkes nachgehen. Erkennt man, zu welcher Stunde das alles geschieht? Obwohl Spanien weit entfernt vom Polarkreis liegt, scheint Goyas Welt von der Mitternachtssonne erhellt zu werden, mit fahlem, weißem Nachtlicht, nie ganz hell und nie ganz dunkel.

Wer nicht erstochen oder erschossen werden soll, wird aufgehängt. Da steht ein Trüppchen Unglücklicher, scharf bewacht. Haben sie einen Fourage-Wagen mit Brot oder einen Munitionswagen überfallen? Das Lebensrecht ist schnell verwirkt. Der knorrige Baum trägt nur noch wenige Oliven, aber er hat starke Äste. Schon sind die Stricke darübergelegt. Die siegreichen Zwerge werden ihre Gefangenen an ihnen in die Lüfte ziehen. Der schwere Menschenkörper wird das Fliegen lernen und mit des «Seilers Tochter Hochzeit halten», wie die Brüder Grimm es nennen.

In späteren Todesurteilen wird man, wenn vom Erhängen gesprochen wird, die Formel finden, der Verurteilte müsse am Strick bleiben, «bis der Tod eintritt». Die Erhängten bei Goya blieben länger am Baum hängen. Schwer und steif schaukelten sie im Wind. Oder war es die Erdumdrehung, die sie in Bewegung versetzte? Oder die geheimnisvolle Strahlung aus dem Erdboden, die ein Wünschelrutengänger aufzuspüren vermag? Was kann das Schwingen des toten Körpers den Lebenden noch anzeigen? Was erfährt man, wenn man, mit Heinrich Heine,

> «... beim Galgen
> vorbeikömmt, und dort gute Freunde sieht,
> die pendulartig mit den Beinen grüßen»?

Nie wird der Leichnam so zur Sache wie als Gewicht an einem straffen Strick.

Die feuervergoldete Spielart

Der Sammler sprach von den «Stücken», wenn er von seinen Bildern und Kommoden erzählte, aber vor allem waren die Uhren mit den «Stücken» gemeint. Die Uhren waren sehr schön. Sie waren so groß wie ein Steinquader und von einem warmen, rötlichen Gold übergossen, das meist stumpf, an bestimmten Stellen aber blank poliert war.

«Diese Feuervergoldung darf nicht mehr hergestellt werden, weil Quecksilber dabei verdampft wird», sagte der Sammler, der seine Glatze im Hause mit einem Käppchen bedeckte, «wie alles Schöne ist sie aus Gesundheitsgründen verboten.»

Der Sammler stand auf der Seite der Schönheit. Er berührte die Vergoldung mit den Fingerspitzen, denn er hatte die Glasglocken entfernt, unter denen die Uhren einst vor Staub geschützt waren.

Um eine große Uhr mit einem Pendel ausstatten zu können, muß es genügend Raum geben, in dem das Pendel schwingen kann. Die Uhr sitzt dann am besten in einem kleinen Turm. Diesen Turm zu schmücken und zu kaschieren war das ganze Bestreben der Pariser Bronzegießer, die seit dem Louis-quatorze die Kaminuhren schufen. Das Pendel wurde unsichtbar. Nur das Ticken, mit dem die Räder des Uhrwerks es bis zu seinem Zurückschwingen aufhalten, drang aus den goldenen Kästen. Und diese Kästen wurden zu antiken Altären. Blumengirlanden umgaben sie, und Opferfeuerchen flackerten auf ihnen wie Bronzeblüten. Priesterinnen lehnten sich an sie. Ein zeitloses

Arkadien nahm weder Kenntnis von dem großen weißen Zifferblatt noch von dem Pendelschlag im Inneren.

«Hier sehen Sie Ganymed mit einem spatzengroßen freundlichen Adler», sagte der Sammler. «Der Junge hat den Adler gezähmt, aber er sagt nicht, wie, sondern legt den Finger auf die Lippen. Hier sehen Sie Hektors Abschied von Andromache – ist es nicht sinnig, auf einer Uhr einen Abschied darzustellen? Und diese Uhr ist eine Geschmacklosigkeit: Der Göttin Venus wird von einem Pudel ein Brief gebracht, während Amor sich mit seinem Pfeil beschäftigt, als kreide er ein Billardqueue ein.» Und dann rezitierte er mit geschlossenen Augen:

«Gleich dem todten Schlag der Pendeluhr
dient sie knechtisch dem Gesetz der Schwere
die entgötterte Natur ...»

Es begann, in den Uhren zu schnarren, der Sammler verstummte und hob die Hand. Es räusperte sich in den Kästchen. Und als habe sie eine Hemmung zu überwinden, schwieg die Ganymed-Uhr, gleichsam um Luft ringend, bevor sie, pling, pling, zu schlagen anhob. Da fiel schon Hektor ein, und gleich darauf drang auch aus der Venus-Uhr das silberne Pling.

«Nur einmal möchte ich sie genau gleichzeitig schlagen hören», sagte der Sammler kummervoll. «Aber sie weigern sich immer. Sie tun, was sie wollen.»

Die bürgerliche Spielart

Es ist sehr früh, noch kaum richtig hell. Auf den Windschutzscheiben der Autos liegt der Tau. Es ist kalt hier im Bergland. Die Blütenkelche sind geschlossen. Auch die Rolläden der Bungalows sind noch heruntergelassen. Der Mann verläßt das Haus leise wie nach einem Liebesabenteuer. Die Luft ist schön frisch. Genießt er sie? Das Gesicht ist sorgfältig rasiert, aber die Augen sind klein. Der Mann ist nicht ausgeschlafen. Er hört und sieht nichts. Das Auto springt nicht an. Bald fährt die Bahn ab.

Im Waggon herrscht helles Neonlicht. Über schweigenden Menschen mischen sich die Düfte der Parfümflaschen aus den Badezimmern. Zeitungen werden ausgebreitet. Die Fahrt führt durch Dörfer und grünes Land, dann beginnt, fast unmerklich, die Stadt. Das Grüne zwischen den Tankstellen und Abhollagern wird seltener. Die Gleise mehren sich. Alte Backsteinfabriken liegen öd und leer, aber in den Bürohäusern dazwischen sind die Fensterbänder erleuchtet.

Diese Fahrt ist die erste Pendelschwingung, die der Mann an diesem Tag unternimmt. Von den Höhen der Taunuskleinstadt schwingt er in das Tal und durchsaust im vollen Vorortzug die zersiedelte Ebene. In der Stadt führt ihn der Pendelschwung wieder hinauf: in den zwölften Stock eines mittelgroßen Verwaltungsgebäudes. Seit neuestem hat er ein Zimmer mit einer Grünpflanze und zwei Fenstern, denn er ist befördert worden. Aus diesen Fenstern kann er bei schönem Wetter die Hügelzüge sehen, von denen er aufgebrochen ist. Ein Pendel würde alsbald dorthin zurückkehren. Der Pendler aber muß nun viele Stunden in der luftigen Höhe innehalten; er ist jetzt erst einmal arretiert. Der Rückschwung wird erst kommen, wenn die Sonne sinkt und sich in so vielen Fassaden spiegelt, daß man nicht mehr weiß, wo Osten und Westen ist. Zu Hause mag er freundlich empfangen werden und wird sich doch oft ein wenig wie ein Fremder fühlen, der von weit her in diese stille, dressierte Ländlichkeit eingefallen ist.

Die Lösung des Problems

Das kleine Mädchen sitzt am Klavier. Der Stuhl ist zu niedrig; deshalb hat es drei alte Notenalben daraufgelegt, aber nun reichen die Füße nur mit Mühe an die Pedale. Ein Notenheft mit vielen Bleistifteintragungen steht vor ihm. Mit gerunzelter Stirn folgt das Mädchen dem Auf und Ab der Noten mit ihren Fähnchen, sehr nah mit der Nase am Heft, während auf der Tastatur die Finger unbeobachtet spazierengehen. An den leichten Stellen marschieren sie frech voran, dann stolpern sie, dann geht es deutlich langsamer weiter, dann werden mit der rechten weitgespreizten Hand ein paar markige Akkorde nachgeliefert, während die linke, die vorangeprescht ist, nicht mehr weiterweiß. Bei jedem Stocken und jedem Fehlgriff schüttelt das Mädchen ärgerlich den Kopf. Es ist, als lese es einen Brief voller Unverschämtheiten. Wenn man das gereizte Gesicht sieht, könnte man glauben, die mißratenen Töne seien Note für Note von Czerny so angegeben worden.

Auf dem Klavier liegt in gelblichem Gips eine magere Hand, ein Abguß der Hand Chopins, kaum größer als die Mädchenhände, leichenkalt. Nie wieder wird sie schmetterlingshaft gaukelnd über den Tasten schweben. Aber daneben steht etwas Lebendiges: ein gedrungener Obelisk aus braunem Holz, der vor sich einen langen Zeiger trägt.

Tack, tack, tack, schwingt der Zeiger hin und her. Der Rhythmus ist immer gleich; durch ihn erst wird das ansteigende und abfallende Tempo des Klavierspiels zur Qual. «Tack, tack, tack, tack, tack – lieber, lieber Mälzel!» hat das Mädchen in der Schule gesungen, einen Kanon zur Feier des Mannes, der das Metronom zwar nicht erfunden, aber vervollkommnet hat. Er ist schuld, daß man sich beim Üben nicht mehr betrügen kann.

Der Zeiger ist wie ein mahnender langer Finger. Wer befiehlt hier? denkt das Mädchen, ich oder das böse Maschinchen? Wenn man das Gewicht hinaufschiebt, schwingt der Zeiger gleich etwas langsamer. Und schon klingt das Stück besser – wenn auch nicht gut, dazu ist es zu zerdehnt. Schiebt man das Gewicht noch höher, dann schafft es die innere Kraft kaum mehr, die Last herumzuschwingen. Jetzt wäre es leicht, mit den Fingern nachzukommen. Aber noch schöner ist es, dem Metronom seine Grenzen zu zeigen. Noch einen Millimeter höher mit dem Gewicht, und das Pendel sinkt schlaff hernieder und rührt sich nicht, obwohl im Kästchen alle Kräfte angespannt sind. Und während nun die Töne frei und laut herumpurzeln, fällt kein Blick mehr auf den gefesselten Feind.

Das Taubenei

Etwas Dunkles, Rundes bewegte sich zwischen den Blumentöpfen. Die zarte Frau konnte von ihrem Korbstuhl aus nicht erkennen, was es war. Unwillkürlich lehnte sie sich zurück, als wolle sie einem unwillkommenen Anblick ausweichen.

«Das sind die Tauben», sagte die Freundin. «Ein Taubenpärchen nistet in der Regenrinne. Ich habe vergeblich versucht, sie daran zu hindern. Aber jetzt liebe ich sie. Die Taube hat ein Ei gelegt und brütet, und der Tauber bringt Zweiglein und Körner und versorgt seine Geliebte.»

Die zarte Frau versuchte, ihren Schreck zu überspielen, hielt aber die Hände über der Brust gekreuzt. Sie könne ihren Widerwillen gegen Tauben und überhaupt alle Vögel nicht überwinden, sagte sie verlegen. Dies Unbeherrschbare, jäh Aufflatternde mache ihr angst. Sie habe immer die Vorstellung, die Vögel könnten mit ihren Flügeln und Krallen und Schnäbeln ihr Gesicht attackieren. Wenn sie in ein starres Vogelauge blicke, sei sie sich immer eines

Angriffs gewärtig, der sich hinter dieser bösartigen Ausdruckslosigkeit in dem winzigen Vogelhirn vorbereite.

«Die Tauben kommen zwischen den Blumentöpfen doch gar nicht hervor», sagte die Freundin. «Ich bin schon froh, daß ich sie nicht vertreibe, wenn ich hier auf dem Balkon die Pflanzen gieße. Der Tauber macht sich dann zwar davon, aber die Taube bleibt auf dem Ei sitzen. Ich wünschte, du könntest dieses Ei einmal sehen. Es ist vollkommen schön; elfenbeinfarben, feinporig und mild glänzend, wie von einer Speckschwarte eingerieben. Du würdest es malen wollen.»

Die zarte Frau war Malerin, sie hatte, bevor der Schatten zwischen den Töpfen sie ablenkte, von dem Stilleben gesprochen, das sie gerade plante. Sie überließ bei solchen Vorbereitungen nichts dem Zufall. Dem Malen ging Lektüre voraus. Sie studierte alte Rezepte für das Reiben der Farben und erwog die Bedeutung der Objekte, die sie auf dem Bild zusammenstellen wollte. In einem Antiquitätengeschäft im Marais war ihr Auge auf eine chinesische Stellage gefallen – «dieses kleine rotlackierte Regal ist etwas wie die Formel meines Bildes. Auf diesen drei Regalbrettchen kann ich jetzt nebeneinanderlegen, was ich für das Bild gesammelt habe.» Nicht dekorative Verschränkung sei ihr Ziel, sondern eine geradezu pedantische Aufreihung und Übereinanderstapelung. Wie in einem Geschäft oder in einer Museumsvitrine sollten ihre Fundstücke – «gleichsam nackt!» sagte sie – ausgestellt werden. Eine Überdeutlichkeit der Objekte wolle sie erreichen. Der erste Impuls des Betrachters solle ein Zucken der Hand sein, ein Zugreifenwollen, um sich ein Stück von der roten Stellage herunterzunehmen. Augentäuschung bewirke eine Täuschung des ganzen Menschen. Wer etwas Gemaltes für wirklich halte, verwandle sich für einen Augenblick selbst in Malerei.

Die Malerin sprach wieder gelöst. Die brütende Taube war vergessen, die kleine Nervosität ebenfalls. «Ich habe da zum Beispiel eine große Perle, die zu malen mich seit langem reizt. Eine Orientperle, unregelmäßig, mit Beulen und Auswüchsen. Sie sieht geradezu wie eine Drüse aus, oder wie die Versteinerung von Tränenablagerungen. Man sieht ihr an, daß ein Körper sie hervorgebracht hat, daß sie die Folge einer Krankheit ist. Aristoteles schreibt, daß man die Perle für das Herz der Schnecke hielt. Auch das kann man sich vorstellen, wenn man meine Perle betrachtet und sie in der Hand hin und her rollen läßt. Abraham trug eine große Perle. Wer sie ansah, wurde geheilt. Aber das Schimmern von verfestigten Körpersäften hat auch etwas Widerliches. Ein Auge bezaubert, aber man will nicht hineinbeißen. Etwas von dieser Zweideutigkeit haftet auch den Perlen an, ich will meiner Perle etwas davon mitgeben.»

«Rucke di guck» sagen die Tauben in «Aschenputtel», und auch die Tauben in der Regenrinne sagten nun leise und deutlich: «Rucke di guck.»

«Sie sprechen miteinander», flüsterte die Freundin. Sie beugte sich vor, um hinter die Töpfe zu schauen. «Wenn du nur einmal das Ei zu sehen bekämest.»

«Das Ei würde ich gern sehen», sagte die Malerin, «und auch gegen den Anblick von Federn habe ich nichts. Wenn der Vogel nur tot ist. Federn sind so wundervoll künstlich, daß man vergißt, wie sie entstanden sind. Ein Fächermacher könnte die Federn erfunden haben. In meinem Stilleben wird es auch eine kleine Feder geben, wahrscheinlich eine hellblau-weiß gestreifte aus einem Eichelhäherflügel, in der ein von Zirrus-Wölkchen durchzogener Frühlingshimmel eingefangen ist. Wußtest du, daß man auf Federn schwerer stirbt? Deshalb legte man die Sterbenden früher gern auf die Erde. Die Hexen können im Kopfkissen Unheil anrichten, indem sie dort ein Federkränzchen wachsen lassen; das erzeugt Kopfweh und Mattigkeit und bringt zum Schluß den Tod. Die Federn machen den Vogelflug möglich; den Menschen lassen sie qualvoll zwischen Leben und Sterben schweben. Vom Unglück, das eine Pfauenfeder bringt, weißt du selbst, aber eine Pfauenfeder paßt nicht in mein Stilleben, sie ist zu bunt und zu aufgeblasen und von viel zu vordergründiger Symbolik.»

Die Freundin nahm großen Anteil an den künstlerischen Plänen der Malerin. Die sommerliche Teestunde auf dem in großstädtischer Stille liegenden Balkon glich beinahe einem Verhör, so genau sollte die Malerin darlegen, was sie gerade dachte und tat. Sprach diese freundschaftliche Wißbegier von dem Wunsch, sich in das künstlerische Treiben hineinzuflechten? Die Malerin zauderte manchmal und wirkte unentschlossen. Das wollte ihre Freundin nicht zulassen. «Du mußt –», so fingen die Sätze an, mit denen sie der Schwankenden Rat spendete. «Du mußt unbedingt auch ein Ei in dein Stilleben hineinbringen», sagte sie heute.

«Ein Ei?» sagte die Malerin träumerisch. «Vor allem

eine Koralle. Ich habe einen kleinen Korallenast, der am Ende silbern gefaßt ist, mit einer Öse, ein Amulett. Diese Korallenbäumchen, die wie Adern aussehen, in denen das Blut stockt, beunruhigen mich und ziehen mich an. Ich kann sie stundenlang betrachten. Und so leuchtet mir auch ein, daß die Koralle den bösen Blick auffängt und in sich aufnimmt und dort absorbiert. Gegen Impotenz wurden Korallenästchen mit Pfingstrose und Nachtschattenwurzel in einem Beutel um den Hals getragen, und auf einen solchen grünlichen Samtbeutel werde ich meine Koralle auch legen, weil sie sich auf dem Lack-Rot sonst nicht behaupten würde. Es schmerzt mich, daß ich zu geizig bin, echte Koralle feingemahlen in meine Farbe zu mischen; wäre es nicht ein malerischer Triumph, Koralle durch Koralle darzustellen?»

Die Freundin nickte. Wie die Malerin auf ihrer Stellage alles mögliche unterzubringen gedenke, das habe etwas von der Art, wie die großen runden Tauben auf dem schmalen Raum zwischen Blumentopf und Regenrinne zurechtkämen. Mit vorgewölbter Brust und dem langen Federstoß am Steiß seien die Vögel trotzdem imstande, sich auf einer Handbreit Boden trippelnd um sich selbst zu drehen. Diesen selbstgewählten qualvoll engen Ort loteten sie unablässig aus, als müßten sie sich seine Vorzüge stets aufs neue beweisen. Jetzt schwiegen sie. Hielten sie es für weise, sich in das Duett der beiden Frauenstimmen nicht einzumischen? Nur in den Gesprächspausen gaben sie einen verständigen, präzis artikulierten Gurrelaut von sich. Vielleicht spürten sie, daß die Malerin keinen Anstoß an ihrer Gegenwart nahm, solange sie bescheiden in ihrem Bezirk blieben, der sie den Blicken der Menschen entzog.

Ähnlich wie ein Ei sei der rundgeschliffene rosige und weißgeäderte Kieselstein, den sie auf das mittlere Brett der Stellage zu legen gedenke, sagte die Malerin. Ob bekannt sei, was man über das Leben der Steine behaupte? Es habe eine Zeit gegeben, als alle Steine noch klein gewesen seien. Bis zur Geburt des Heilandes seien sie in der Erde gewachsen, dann habe ihr Wachstum stillgestanden, wenn sie, unbeobachtet, nicht doch weitergewachsen seien. «Es gibt Steine, die schwitzen, und Steine, die bluten, wenn man sie sticht. Wenn ich meinen rosig geäderten Bachkiesel in die Hand nehme, wird er schnell so warm, daß ich glaube, sein Kreislauf sei angeregt.»

Sie zeigte die Innenfläche ihrer kindlichen Hand, die von einem Netz trockener Runzeln überzogen war; schon in der Jugend waren ihre Hände so zerfurcht gewesen.

«Neben dem Kiesel stecke ich mit einer Nadel einen grauen Schmetterling fest – ein warmes Grau wie Rauch und Seide und Staub liegt auf seinen Flügeln, keine Farbe im strengen Sinne, nur ein Ton, der die Äderung und die Feinheit der Haut mit winzigen Schatteneffekten sichtbar macht. Schmetterlinge sind Seelen. Solche grauen Schmetterlinge krabbeln aus den Mündern der Sterbenden und setzen sich ihnen auf die Brust und später auf den Sarg. Schließlich flattern sie noch eine Zeitlang in der Umgebung des Toten umher, weil sie für seine Sünden büßen. Ich möchte gern wissen, wessen Seele ich da aufgespießt habe.»

Die Freundin goß jetzt milchigen Pfirsichsaft in hohe Gläser. Der Himmel verfinsterte sich, aber unter dem Dach des Balkons würden auch bei starkem Regen nur ein paar Tropfen bis zu den Frauen gelangen. War das Taubennest am Rand der Regenrinne nicht in Gefahr, von Wasserfluten zerstört und davongetragen zu werden?

«Gar nichts geschieht diesem Nest!» Die Freundin lachte, aber in ihren Augen lag Bewunderung. Unzerstörbar sei dies schlampige Nest. Die Vögel lebten in einer unsichtbaren Blase, die sie vor allen klimatischen Einflüssen schütze. Wind, Kälte, Wasser könnte den Vögeln nichts anhaben. Mitten im Regen säßen sie trocken. Das Wasser platsche um sie herum, aber perle auf dem metallisch schimmernden Gefieder ab, ohne einzudringen.

Die Malerin beugte sich, während es zu rauschen begann, vorsichtig über den Blumentopf. Zunächst war dort nichts zu erkennen. Dann stach etwas Kreisrundes, Glänzendes aus dem Halbdunkel hervor – ein zweifarbiger kleiner Knopf? Ein Stückchen Glas? Es war ein Vogelauge. Sie fühlte die eben überwundene Erstarrung zurückkehren und wandte schnell den Kopf ab.

Die Freundin huldigte ihr jetzt. Sie spürte den Widerstand gegen ihre Wünsche und gedachte, ihn durch Lobfluten wegzuschwemmen, wie der Wasserschwall in den Regenrinnen gerade Spinnennetze und welke Blätter davontrug. Was da im Kopf der Malerin, bald schon auf der rotlackierten chinesischen Stellage, sodann auf dem sorgfältig glattgespachtelten Holztäfelchen in feinster Tempera- und Ölmalerei zusammenkomme, sei das Abbild der

Welt. Und was die sieben Sachen alles bedeuteten! Wer das entstehende Bild ausschöpfen wolle, der müsse es regelrecht zu lesen verstehen. Woher sie denn all diese Bedeutungen der Sachen kenne? Abergläubisch sei sie jedenfalls bisher nicht gewesen.

Keinesfalls sei sie abergläubisch, sagte die Malerin, aber Mythenkundliches und Volkskundliches und Alchymistisches habe sie immer schon interessiert, schon auf der Universität. In den entsprechenden Archiven seien Schätze verborgen. «Und als Schatz will ich diese Ansammlung an sich wertloser Gegenstände auf meinem Bild erscheinen lassen. Mein Plan ist, den Eindruck einer Vollständigkeit zu erzielen. Wer auf die Gegenstände auf der Stellage blickt, soll das Gefühl haben, ein Gehirn zu sehen, die Chiffren eines Bewußtseins vor sich zu haben. Neben den Stein lege ich ein Schneckenhaus ...»

«Schneckenhäuser hast du doch schon oft gemalt.»

«Ja, sie sind beinahe eine Art Erkennungszeichen meiner Kunst. Die immer enger werdende und gleichzeitig unendlich sich fortwindende Wendeltreppe ist für mich das Bild eines sich immer tiefer in die Realität hineinbohrenden Denkens, das zu immer bedrückenderen Einsichten gelangt. Nach alter Überzeugung entsteht die Schnecke aus Lehm und feuchtem Gras. Sie bedeutet für mich die unheimliche Belebung von etwas Totem, und es gibt vielleicht nichts Grauenhafteres, als feststellen zu müssen, daß etwas vermeintlich Totes unversehens zu leben beginnt.»

Die Frauen schwiegen wieder.

Plötzlich sagte die Malerin: «Ich sollte wirklich auch

ein Ei, ein kleines Vogelei, in meine Komposition hineinnehmen. Könntest du mir das Ei von deiner Taube nicht einfach mitgeben?»

Eben noch zeigten sich Freude und Zustimmung auf dem Gesicht der Freundin, jetzt aber eine Ablehnung, die Empörung kaum verbarg. Der Taube das Ei wegnehmen? Einer Mutter ihr Kind rauben? Hatte sie deshalb so lange den faden Taubendreckgeruch auf dem Balkon geduldet, um nun einen Kindsmord zu begehen? Wenn die Malerin bitte hinsehen wolle – die Malerin wehrte ab –, wie rührend die Taube da unten beschäftigt sei. Dies Brüten habe etwas nahezu Menschliches in seiner Pflichterfüllung. Die Malerin solle ein Hühnerei nehmen und entsprechend verkleinern. Alle Maler manipulierten an den Erscheinungen herum.

Jetzt war es die Malerin, die ihre Empörung zu dämpfen hatte.

Nun, dann eben kein Ei. Aber so einfach war das nicht. Die Freundin hatte mit solchem Nachdruck ihr kleines Ei angepriesen, daß ein Taubenei aus der Stellage nicht mehr wegzudenken war. «Ich habe etwas anderes für dich. Auf meinem Schreibtisch liegt eine hübsche Muschel aus dem Atlantik; die leihe ich dir.»

«Muscheln stellen die weiblichen Geschlechtsorgane dar», sagte die Malerin verdrossen.

«Dann paßt die Muschel doch sehr gut.»

«Sie paßt, aber nur zusammen mit dem Ei.»

«Das Ei schlag dir aus dem Kopf.» Die Freundin stand auf. Die Zimmer hinter dem Balkon lagen in sommerlichem Halbdunkel. Da hinein verschwand sie jetzt, ihre Schritte hallten auf dem Parkett und verloren sich dann. Der Schreibtisch stand, das wußte die Malerin, in einem entfernten Zimmer.

Wie ärgerlich war dies kunstfremde Hineinregieren in ihr Bildkonzept. Und wie dreist, den aufgedrängten und schließlich durchgesetzten Einfall alsbald wieder zu verhindern. War es nicht die Freundin mit ihren furchterregenden Tauben, die das Ei so wichtig hatte werden lassen? Ein kleines, matt glänzendes Ei. Die Malerin sah es vor sich. Es gab keine Möglichkeit mehr, auf das Ei zu verzichten. War es inzwischen nicht, als sei das ganze Bild in Wahrheit nur um dies Ei herum geplant gewesen? Die Malerin kannte solche für den Durchschnittsverstand verkehrt herum laufenden Kausalitätenketten in ihrer Arbeit: Man entwarf eine Komposition; in einem schon sehr vorgerückten Stadium geriet ein weiterer Gegenstand zufällig ins Spiel, und man entdeckte, daß er – das Ei zum Beispiel – nicht bloß eine gelungene Ergänzung, sondern längst geheim erwartet war, ja, daß das gesamte ursprüngliche Arrangement nur dazu gedient hatte, dieses eben noch ungeahnte Objekt herbeizuzaubern. Wo war ihre Angst vor den Vögeln geblieben? Sie fürchtete immer noch, als sie sich über die Blumentöpfe beugte, daß die Taube ihr mit lärmendem Aufflattern ins Gesicht flöge, aber dieses Grauen vermochte ihre Neugier nicht mehr zu bezähmen.

Zweiglein lagen unordentlich in der Rinne, und in ihrer Mitte leuchtete weiß und köstlich das Ei. Die Tauben waren fort. Schon eine Weile war kein verständiges «Rucke di guck» mehr hinter dem Blumentopf hervorgekommen. Sehr höflich, sehr diskret hatten die Tauben den von den Frauenstimmen erfüllten Balkon geräumt. Die Malerin war mit dem Ei allein. Auch ihre Freundin kehrte nicht zurück. Das Ei war noch schöner, als die Abwesende es beschrieben hatte. Mild fettig glänzte die Schale. Es war vollständig anders beschaffen als ein gewöhnliches Hühnerei mit seiner leichten Rauhheit, die zum Zerspringen neigte. Schwer und kieselsteinfest wirkte das Ei. Wie schwer war es? Die Malerin rechnete damit, daß ein verzweifelter Vogel aus dem Dunkel mit Schnabelhieben hervorbräche, als sie ihre Hand nach dem Ei ausstreckte.

Nichts geschah.

Schmeichelnd weich und leicht schmiegte sich das Ei in das zerfurchte Innere ihrer Hand. Sie betrachtete es nicht lange. Aus der Handtasche nahm sie ein Batisttuch und wickelte das Ei hinein.

Als das von Spitzen gesäumte Paketlein in die Tasche glitt, näherten sich aus dem Wohnungsdämmern die Schritte der Freundin auf dem Parkett. Die Malerin lehnte sich zurück und sah ihr erwartungsvoll lächelnd entgegen. Die Freundin legte eine gezackte Muschel auf den Tisch und beugte sich gleich darauf über den Blumentopf.

«Ich muß immer zuerst nach meinen Tauben sehen. Da sitzen sie wieder. Wie eifrig ist dies stille Brüten. Die Mütterlichkeit dieser Taube bewegt mich zutiefst.»

«Die Muschel ist häßlich», sagte die Malerin, sah dabei aber so liebenswürdig ironisch aus, daß man ihr nichts übelnehmen konnte.

Kurze Zeit später stand sie zu Hause in ihrem stillen Atelier vor dem riesigen, in viele Scheiben eingeteilten Fenster, von dem ein weißes kühles Licht wie ein Laken über sie hinabfiel. Auf einem Piedestal stand die lackrote Stellage, darauf eine Feder, ein Kieselstein und ein Schnekkenhaus. Dorthin würde sie jetzt das Taubenei legen. Sie rückte die andern Sachen ein wenig zurecht, um dem Ei Platz zu schaffen. Dieses Ei würde das geheime Zentrum des Bildes werden. Obwohl es selbstverständlich nicht in die Mitte käme, fänden die Augen ganz von selbst ihren Weg zu seiner geheimnisvollen Verschlossenheit, seiner verheißungsvollen Undurchsichtigkeit. Die Malerin setzte sich auf ihren dreibeinigen Malhocker. Auf ihren Knien lag die Handtasche. Sie öffnete sie. Das weiße Paketchen war tief in das Innerste zwischen Schminksachen und Lederetuis gerutscht. Jetzt ertasteten die zarten Finger den Stoff. Ein Schauder überlief sie. Der Stoff war feucht.

Mit äußerster Behutsamkeit zog sie das Paketchen hervor. Nun lag es auf ihrer vom Linienchaos zerfurchten Handfläche. Auf dem Stoff war Blut. Alles Licht aus dem Atelierfenster stürzte auf dieses Blut. Die Malerin spürte, daß sie rot wurde. Ihr Herz klopfte. Nur mit den Fingernägeln schob sie das Bündelchen auf die Stellage zwischen Feder und Schneckenhaus. Von dorther leuchtete jetzt das Blut. Wie im Traum legte sie die Perle und die Koralle dazu. Konnte sie nicht auch diese Anordnung zu malen versuchen? Vielleicht besser photographieren, das hätte sie schneller hinter sich. Das kleine Paket auszupacken, dazu würde keine Macht der Welt sie zwingen können.

Duse – Muse – Heulsuse

Eine Übertreibung

Harry Graf Kessler stand hoch aufgerichtet vor dem schwefelgelben Abendhimmel und atmete in langsamen Zügen die kühler werdende Luft ein. Die Nachtigallen – «sie singen noch nicht», sagte er zu sich selbst und warf das Mundstück seiner blonden Papastratos in melodiösem Bogen vor sich auf den gesprungenen Marmorboden. «Die Zeit», dachte er; er dachte bitter, und er vollendete seinen Gedanken, indem sich seine blauen Lider über die Augäpfel senkten: «Sie ist eine Hure.» Warum klagte er in letzter Zeit immer häufiger über Gedankenflucht? Was war es, das ihn die Vormittage, die Nachmittage in ohnmachtsähnlichen Zuständen allein auf dem Diwan der *Pensione Ida* verbringen ließ? Federwölkchen zogen auf und flogen bald nach rechts, bald nach links, versammelten sich und versuchten, eine lange dünne Reihe zu bilden, verfehlten sich und versammelten sich aufs neue. Unter der Pergola, unter den fleischig-herabhängenden festen Weintrauben war wieder der Tisch gedeckt worden, zu früher Stunde; viel weiße Wäsche, die einen dünnen reinlichen Geruch verströmte, bedeckte das beim Fleischschneiden gehorsam mitwankende Tischchen, das jetzt schon dicke Teller, Pfeffer und Salz in einem zwillingshaften Behälter aus gepreßtem Glas und nach gar nichts schmeckende, dekorativ aufgeblasene Brötchen trug. Ein Fräulein kam aus dem Haus, dessen weiße Hände die Rotweinkaraffe umfaßt hielten, als solle die Flasche ihnen eine formende Stütze geben.

«Falerner», dachte Harry Kessler ironisch. «Oh, über die Bildung!»

«Il pranzo!» sagte das Fräulein; Harry empfand ihren Ruf vieldeutig, als sei er eine Antwort. Der Augenblick stand bevor, in dem sie die silberne Zange ergreifen würde, um mit ihr in die dampfende Schüssel zu fahren, ineinander verschlungene Spaghetti daraus emporzuziehen, innezuhalten, damit die nicht ergriffenen sich lautlos lösten und in die Schüssel zurückglitten, die Zange mit dem Schlangenknäuel federnd zu heben und zu senken, um den Zustand, daß jede nicht gepackte Nudel nun abgefallen sei, zu konsolidieren, sie in kühner Linie dann von der Schüssel über seinen Teller zu schwingen und die nahrhafte, geballte Last dort abzusetzen, wo sie sich, vom Zugriff befreit, sofort wieder molluskenhaft ausbreiteten.

«Sie ist eine Frau», dachte der Kavalier, und er beobachtete, wie seine Hände zu träumen begannen wie ein schlafender Jagdhund und sich tastend bewegten, als ob sie Ösen und Haken lösen wollten.

Die ganze Bucht war in flammendes Licht getaucht. «Die Faraglioni», sagte das Fräulein, als es die Zange sinken ließ, «sie sind wie ein Horn.»

Harry Kessler legte seine Hände auf die in Häubchenform gefaltete Serviette und zog sie auseinander. Die Sauce, die das Fräulein auf seine Spaghetti träufelte, ihre Tomatenröte, die von einer Aura aus dunkelgelbem Olivenöl umgeben war, ließ Bilder vor seinem inneren Auge aufsteigen, deren Kommen er ebenso fürchtete wie ersehnte. Jeden Abend, wenn mit der Tageshitze auch seine Betäubung wich, war ein unschuldiges Bißchen Rot auf seinem Teller – ein wenig duftende Sauce, ein Salat, ein explodierter Granatapfel – imstande, Visionen entstehen zu lassen, die ihn völlig gefangennahmen, so daß er wie im Traum die Gabel auf und ab führte und in einer Art kindlichem Erstaunen aufblickte, wenn die Frage des Fräuleins: «*Terminato?*», in gurrendem Alt gestellt, in seine Bilderwelt eindrang wie ein großer schwarzer Vogel. Aus einem solchen Rot konnten vor Kessler, dem Diplomaten, die Wände eines jener von grabschänderischen Händen der Erde entrissenen Häuser drüben auf dem Festland emporsteigen, die freilich von geheimnisvollerem Rot als dem der Tomate waren, von tieferem, auch lehmigerem, organischerem – «Blut», dachte Herr von Kessler, unter welchem Namen noch sein Vater gereist war, und der ihm deshalb nicht untergegangen zu sein schien, sondern von der neueren, höheren Würde nur ummäntelt und immer noch geeignet, einen Teil seiner Persönlichkeit – «vielleicht den innersten?» fragte er sich häufig – zu bezeichnen.

Ihm war, als wandere er an den mit prächtigen Malereien geschmückten Wänden entlang, als verweile er in kühler Kennerschaft auf einer von Bacchantinnen zerrissenen Pasiphaë, auf einem Hercules als Knaben, die Schlangen nährend, und auf der so wunderbar den menschlichen Schmerz ausdrückenden Figur der Nephele, bis er die Tür erreichte, von der er wußte, daß *sie* dort eintreten mußte, auf die er seit Jahren wartete, ein Augenblick, der regelmäßig durch die dienerische Frage des Fräuleins verhindert wurde.

Die Federwölkchen bildeten einen Augenblick lang einen großen Ring über der goldenen Bucht, als habe ein rauchender Gott ihn ausgestoßen, und verzogen sich sofort wieder mit lautlosem Kichern in alle Himmelsrichtungen. «Das Fräulein vertreibt sie», dachte Kessler und betrachtete die Serviette, auf der ein auf dem Rost wie ein Märtyrer gebratener Fisch mit erloschenen Augen lag. *«Una dorata»*, sagte das Fräulein und begann, an dem tiefbraunen Seitenstrich des Fisches eine Gabel ins Fleisch zu graben. Der agnostische Philosoph erinnerte sich an das Gebet des Pfarrers in der Inselkirche: *«Orate, fratres»*, das ihm jetzt wie ein Toten- und Tischgebet für den getöteten Schwimmer vorkam – «ich assoziiere frei», dachte er mit Unwillen, die sinnentleerte Spielerei mit dem bloßen Klang war ihm verhaßt. Das Fräulein füllte sein Glas, der Wein stand schwarz darin und blitzte mit der Kraft eines geschliffenen Edelsteins nur dort, wo sich die durch Reflexlabyrinthe geführten Abendsonnenstrahlen trafen. «Ihre Rubine», dachte der Reisende und sah rundgeschliffene Steine vor sich, deren Gewicht meerschaumfarbene Ohrläppchen ein wenig straff machten. In einer duftenden Nacht hatte sie sie getragen, als er sie, von Pinienschatten verborgen, auf die im Mondlicht liegende Terrasse der Villa Montecuccoli heraustreten sah, wo sie sich für den Rezitationsabend im Stadttheater vorbereitete. Nie wieder sollten ihre Strophen so im Ohr ihm donnern – «das war Gesang», flüsterte Graf Harry und neigte resigniert sein Haupt, als das Fräulein «*Come?*» gurrte und dabei die eine weiße Hand auf die Rükkenlehne seines Korbstuhls legte, während sie die andere, kraftlos halb geöffnet, neben seinen Teller zwischen die Brötchenkrümel sinken ließ.

Die Sonne war gesunken, tausend Farben erwachten zum Leben, im dunklen Laub glühten die Orangen, die Myrte stand still. Die Federwölkchen? Waren fort. Sie waren den Mücken gefolgt, ihren Geschwistern unter den Insekten, der Himmel war eine reine, honigfarbene Schale. «Eine reine, honigfarbene Schale», notierte der große Mann und sah über das bröckelnde, durchbrochene Mäuerchen, die kleine Balustrade zwischen den rundgemauerten Pfeilern der Pergola, auf die meerumspülten Grotten, die einst die Befehle der Kaiser gehört hatten und jetzt schliefen. Silhouettenhaft durchglitt das Fräulein das Bild, sanft den Kopf schüttelnd über die reichlichen Reste, die auf dem Fischteller geblieben waren, und zärtlich «*Il poverino*» murmelnd. «Sie war reich», sagte der Speisende, und wie von selbst gerieten die Zeilen seines alten Feindes, dem sie so unheilvoll verfallen war, auf seine Lippen:

«Traumtrunken maßlos reich Behängte,
von deinen Lippen tropfen die Rubine,
du schüttelst ab, was an dir hängte,
uralte, ewig-junge Phryne:
Evoë!
Mag deine Hand in Pantherfell sich krallen,
möchte dein Blick mein Herz ersticken,
so will ich Priester dir vor allen
ins heiße Fleisch den Thyrsusstab dir drücken:
Evoë!»

Das bis zum Ausklingen der Verse achtungsvoll unbewegte Fräulein näherte sich nun mit dem Hauptgang: «*Il carne …*», nichts weiter, es lagen drei dünne weiße Kalbsschnitzelchen auf der Platte, an die anmutig welk eingerollte Salbeiblätter und blaßrosa Schinkenscheiben mit Holzstäbchen geheftet waren, die die Schnitzel ganz durchbohrten. Ein zarter Glanz ging von der Platte aus. Ihm galt das beifällige Kopfnicken des Fräuleins, bevor es auf das nur noch halbgefüllte Glas des Gastes wies. Sein Abwinken ließ sie ungläubig «*Terminato?*» murmeln, worauf sie sich gleichwohl ohne weiteren Widerspruch zurückzog. Der Graf bediente sich selbst von der schön präsentierten Platte. Die Federwölkchen waren auf einmal wieder da. Wo hatten sie sich versteckt gehalten? «Hinter einem Feigenbaum», dachte er und kostete ein wenig vom Fleisch. Das hatte nicht lange in der Pfanne gelegen und war doch ganz vom Aroma der Salbei durchdrungen, so daß eine zarte Bitterkeit bei jedem Bissen die Vorstellung gestattete, das

Kalb, aus dessen Rippen diese Mahlzeit geschnitten worden war, habe sich vorwiegend von Salbeiblättern ernährt. «Ein Hirtenmahl», dachte der fremde Signore, das Wort «Hirte» führte ihn weg in sehr alte Zeiten: Er sah braune, in Felle gehüllte Gesellen vor hölzernen Tempeln lagern, deren blutbespritzte Pfosten mit Kränzen aus frischem Grün geschmückt waren. Die Tempeltore öffneten sich langsam, und ein Zug weißgekleideter Priesterinnen verließ den heiligen Ort, zum Schluß *sie* – als Oberpriesterin natürlich – ihre große Rolle! «Warum ist ‹Norma› eigentlich eine Oper?» dachte er zerstreut.

Wenn er doch wenigstens eine Photographie von ihr besäße, zum Beispiel jene, auf der sie in einem weiten, taillenlosen Gewand die schmalen Hände vor der Brust gekreuzt hielt, das Haupt ein wenig nach links geneigt, mit den herben Zügen und den schwarzen Augen, die von Schmerz und von Größe sprachen. Oder die, auf der sie ein Rokoko-Kostüm mit einem koketten Sonnenhut trug, der durch ihren Blick zu einer lächerlichen Maskerade wurde, jede Schleife schien sich in ihrer Gegenwart zu schämen. Oder die, auf der sie als Hamlet abgebildet war, mit furchterregendem Ausdruck auf die leeren Höhlen eines Totenschädels konzentriert. Aber damals hatte er abgelehnt, eine Photographie von ihr anzunehmen. «Bild ist Lüge», sagte der Ästhet, und seine Beherrschung gewann angesichts seiner unerfüllten Sehnsucht heroische Züge. Auf seiner Zunge breitete sich der ruhige Geschmack erwärmten Olivenöls aus, der abgerundet wurde durch das zarte Salz des darin erhitzten Schinkens und durch die geistvolle Salbei.

Kesslero, *il conte*, wie ihn die Inseljugend nannte, die ihm mit kleinen Dienstleistungen gern gefällig war, ihn aber auch mit sonderbaren Ansinnen überraschte, blickte auf die Platte und stellte zu seiner Überraschung fest, daß er alles aufgegessen hatte.

Das Gelb des Himmels hatte die ätzende Nuance des Schwefels verloren, es war milder, aber auch ein wenig kraftloser geworden, die Federwölkchen punkteten es gleichmäßig wie ein Stoffmuster. Wo war das Fräulein? Es war wieder da, unbemerkt hatte es schon eine ganze Weile hinter Don Harry gestanden und ihm mit der lächelnden Befriedigung beim Essen zugesehen, die im Süden allen Leistungen auf dem Gebiet des Sinnlichen gilt.

«*Macchè* – er ißt alles», sagte sie, als sei dies ein gutes Vorzeichen für eine noch viel schönere Zukunft. Ihre Frage «*Terminato?*» war überflüssig geworden, und sie stellte sie auch nicht, sondern beugte sich von hinten über seine rechte Schulter, hielt mit einer Hand seine Stuhllehne umschlossen, legte die andere auf den Plattenrand und fragte, fast in sein Ohr hinein, mit gesenkter, schmeichelnder Stimme: «*Bene, eh?*», so daß er ihren weißen Hals sehen konnte, die sich vorn öffnende Bluse und darin den Ansatz eines weißen runden Busens.

«Der Duft ihrer Büste», dachte der Kenner, und ihm fiel dabei auf, daß ihm, obschon er diese Wendung einmal in einem dramatischen Fragment verwendet hatte, nicht recht klar war, was er sich eigentlich darunter vorzustellen habe. «Das – das ewige – Weib?» Er zögerte, fühlte sich aber dem Themenkomplex näher kommen. Das Fräulein hatte unterdessen die leere Platte weggenommen und war, eine unbestimmte Tonfolge summend, wieder ins Haus gegangen. Die Stunde des *Dolce* war nahe gerückt, weil der germanische Genießer sich dem Insel-Käse gegenüber gewöhnlich abstinent verhielt.

Ein Lüftchen erhob sich, die Blätter der Laube bewegten sich sacht, winzige Schaumkronen zeigten sich auf der violett-blauen Bucht, kaum eine Irritation des Wassers, nur ein Schauder nach einem heißen Tag. Auf dem Glasteller in der Hand des Fräuleins zitterte eine *Zuppa inglese*, deren zahlreiche Schichten aus Biskuitteig, Schokolade, Creme und Sahne den Anblick eines archäologischen Querschnitts durch eine verschüttete Stadt boten. «Vielschichtig», dachte Kessler, «ihre Briefe waren vielschichtig.» Es wurde ihm klar, daß auf ihn die Aufgabe zukam, einmal ihren Briefwechsel herauszugeben, der jetzt noch wohlverwahrt und versiegelt in seiner Schreibtischschublade lag. «Aber natürlich durchgesehen!» bekräftigte er, um sich zu beruhigen. Es gab Stellen in diesen Briefen, die einerseits Reiz besaßen, andererseits zu trivialen Rückschlüssen verleiten mochten.

«Oder doch erst nach meinem Tod?» dachte der Künstler. Am heikelsten waren ihre ganz kurzen Billets, auf hellblauem Papier geschrieben, nicht die langen Schilderungen ihrer Amerika-Tournee. Sie schrieb gern diagonal über die kleinen quadratischen Blätter, mit einer runden, fliegenden Schrift, als Unterschrift oft nur der Anfangsbuchstabe ihres Nachnamens mit einem Punkt, eilige Notate in einer Pause, kurz vor einem Auftritt, manchmal mit einem verwischten Schminkfleck am Rande. Er kannte diese Dokumente, besaß sie. Sie waren alle ohne Anrede, und es fiel ihm oft schwer, festzustellen, welcher dieser Briefe überhaupt an ihn gerichtet war.

Daran zu denken stürzte ihn in Verwirrung. Alles atmete ihre Gegenwart. Er spürte, sie war da. Der Abend über der berühmten Bucht war ihr zu Willen. Tief atmend blickte er ins Blau. Der Wind hatte die Federwölkchen zusammengetrieben und eine lange, geschwungene Linie wie eine Schrift aus ihnen gebildet, die vor seinen Augen mühelos auf und ab ging, als wolle der Himmel über die ganze Bucht aus Wolken ihren großen Namen schreiben – war das nicht ein riesiges «E», ein fragiles «D»? «Eleonore!» flüsterte der Wanderer und schloß die Augen.

Als er sie wieder öffnete, war das Tageslicht gebrochen, die Farben leuchteten nicht mehr. Den Kaffee? Er entschied, daß er ihn unten an der Piazza nehmen würde, in einem Café, in dem er um diese Stunde einige Münchner Künstler vermutete. Das Fräulein berührte mit den Händen seine Brust und richtete die Krawatte. «Komm nicht so spät», sagte sie dunkel, er darauf: «Nein, nein, nur auf einen Espresso ...» Er stand auf und trat an die Balustrade. «Das Leben», dachte Harry Graf Kessler, setzte seinen Strohhut auf und ging die Stufen zum Hafen hinab.

III

Ein Kurzroman in Augenblicken

Zu Photographien von Lillian Birnbaum

I

Der Spiegel zieht sich als langes Band über die ganze Wand des Restaurants; darunter die rote Lederbank. Der Mann ißt mit einem andern Mann zu Abend. Das Gespräch ist eingeschlafen. Wenn er geradeaus guckt, muß er in den Spiegel sehen. Das ist ihm peinlich. Er versucht, seinem eigenen Blick auszuweichen. Wenn er den Kopf leicht zur Seite wendet, sieht er eine Tischgesellschaft links hinter ihm: vier Männer und eine junge Frau. Die Frau ist lebhaft. Sie lacht und beugt sich vor, dann ist sie vollständig verschwunden. Die vier Männer sind alle auf diese Frau konzentriert. Sie ist gerecht. Sie bevorzugt niemanden. Jeder darf etwas sagen, und jeder wird durch ihr Lachen belohnt. So geht das lange. Der Mann sieht fast nur ihren Hinterkopf, nachlässig hochgestecktes blondes Haar, das allmählich wieder auseinanderfällt. Die Strähnen sind schwer und glatt, die Kämme schon fast herausgeglitten. Jetzt hat der Mann zu lange hingeguckt. Einem der vier ist das aufgefallen. Er sagt der Frau etwas. Großes Gelächter.

Sie hebt den Kopf aus dem Kreis ihrer Begleiter neugierig heraus. Jetzt könnte er sie richtig sehen. Sofort richtet er das Wort an sein Gegenüber, als sei ihm auf einmal etwas höchst Wichtiges eingefallen. Es gibt nichts Wichtiges zwischen ihnen zu besprechen. Bald herrscht wieder Schweigen.

Der Mann hält sich schlecht. Er duckt den Kopf. Über ihm ist das Spiegelband, in das die Augen nicht hineingeraten dürfen. Er weiß, was dann geschähe: Sie würden nach links wandern.

Und plötzlich tun sie das einfach. Sein Willen ist gar nicht daran beteiligt. Gerade noch rechtzeitig: Die Tischgesellschaft hat gezahlt. Man steht auf.

Die Frau beugt sich vor, um ihre Tasche zu nehmen. Auf einmal blickt sie ihn an. Er weicht diesem Blick nicht aus. Wie lange dauert das? Merken die vier Männer nichts?

Sie wendet den Kopf ab, als sei sie in Gedanken. Dann geht sie mit schnellem Schritt zum Ausgang. Der Mann folgt ihr mit seinem Blick das lange Spiegelband entlang. Am Ende dreht sie sich noch einmal um. Sucht sie ihn? Sie blickt an ihm vorbei. Dann bilden die vier dunklen Jacken eine Reihe, hinter der sie verschwindet.

II

Das Fenster hat zwei Flügel und ist von einer Jalousie in viele schmale Streifen zerschnitten. Der Mann hat den Nachmittag verschlafen. Es war hell, als er sich auf das Sofa gelegt hat. Jetzt wacht er im Dunkeln auf. Er hebt den verwirrten Kopf vom Kissen und schaut in die Nacht. Statt Mond und Sternen leuchtet gegenüber das Fenster und sieht ihn an.

Auch dort drüben hat man die Tageszeit vergessen. Die Jalousie sollte nur die Nachmittagssonne ein wenig brechen, aber nicht das Zimmer verfinstern. Deshalb stehen die Lamellen waagrecht. Jetzt, bei Lampenlicht, lassen sie die Blicke von außen bis in den hintersten Winkel dringen.

Das Zimmer ist leer; auf dem Boden stehen ein Pappkarton und ein Telephon. Plötzlich kommt eine Frau herein, sie läuft auf Zehenspitzen und hat nur ein großes Handtuch um sich geschlungen. Irgend etwas hat ihr Bad unterbrochen. Dann versteht der Mann: das Telephon. Jetzt spricht die Frau in den Hörer. Sie setzt sich auf den Boden und kehrt dem Mann den Rücken zu. Während sie spricht, betastet sie mit der freien Hand das für das Baden hochgesteckte Haar und versucht immer aufs neue, eine heruntergefallene schwere Strähne mit dem kleinen Kamm zu erfassen. Der Mann stellt sich vor, daß diese vergeblichen blinden Versuche das Gespräch, das sie führt, widerspiegeln: Argumente, die nicht verstanden werden, beruhigendes Zureden, das die Entrüstung nicht dämpfen kann, Erklärungen, die auf taube Ohren stoßen. Sie steht unter dem Bann dieses Gesprächs, ihre Hand im Haar ist der einzige Körperteil, der sich bewegt. Ihre Schultern sind schön. Noch schöner wäre es, wenn sie sich einmal herumdrehte.

Dann folgen drei stumme Ereignisse so schnell aufeinander, daß sie für den Mann im dunklen Zimmer wie ein einziges wirken. Die Frau dreht sich langsam herum, den Hörer immer noch am Ohr, sie sucht eine neue Haltung, das Handtuch löst sich. Im Haus des Mannes wird irgendwo Licht angemacht; große helle Vierecke und ein dunkles Fensterkreuz werden auf das Haus der Frau geworfen. Sie blickt aus dem Fenster, springt auf und zieht am Schnürchen der Jalousie – die Lamellen senken sich.

«Ich kenne diese Frau. Wo habe ich sie schon einmal gesehen?» denkt der Mann. Gut, dann hat er sie eben schon einmal gesehen. «Nein!» denkt der Mann. «Das ist ein Zeichen von höchster Bedeutung!»

III

Das Schlüsselloch hat den Umriß eines Mensch-ärgere-dich-nicht-Figürchens. Der Mann sitzt im Sessel und guckt das Schlüsselloch an. Er wartet und lauscht. Hinter der Tür sind leichte Schritte zu hören, ein unablässiges Hin und Her. Eine lange Prozession scheint auf Zehenspitzen durch das Zimmer zu ziehen. «Was macht sie eigentlich?» könnte der Mann denken, aber das denkt er nicht. Er denkt eigentlich nur einen Gedanken: Hinter der Tür, das ist sie.

Die Uhr tickt; der Zeiger macht aus völliger Unbeweglichkeit heraus seine Minutensprünge. Der Mann guckt das Schlüsselloch an. Im Zimmer herrscht gedämpftes Licht, aber jenseits der Tür brennen alle Lampen. Das Mensch-ärgere-dich-nicht-Figürchen besteht nur aus gelbem Leuchten, es hat einen Astralleib. Die Tür ist ein grauer Dunst, das Figürchen allein ist plastisch. Überraschend, was durch ein Schlüsselloch alles zu erkennen ist. Das Zimmer hinter der Tür erscheint gestochen scharf. Die Kommode an der Wand: Alle Schubladen sind geöffnet, weiche durchscheinende Gewebe, Strumpfhosen in zarten Farben, schwarze Spitze und cremefarbene Spitze, alles achtlos durcheinandergeworfen, roh in die übervollen Schubladen gestopft, quellen beim Herausziehen wie ein Soufflé aus ihnen hervor.

Das kann man vom Sessel aus durch das Schlüsselloch sehen? Der Mann sitzt nicht mehr auf dem Sessel. Er steht, aber er verbeugt sich zugleich, obwohl er allein ist. «Kaum zu fassen», denkt der Mann, «ich gucke durch ein Schlüsselloch. Wenn jetzt jemand ins Zimmer käme ...»

Die Schritte sind immer noch zu hören, aber im Schlüssellochausschnitt ist niemand zu sehen. So groß ist das Nachbarzimmer doch gar nicht. Es ist ganz ausgeschlossen, immerfort darin auf und ab zu gehen und niemals am Schlüsselloch vorbeizukommen. Da – eine leichte Verdunkelung, ganz nahe wischt etwas Großes, Weiches vorbei. Der Mann ist verzweifelt. Er hat den Fokus seiner Linse auf die Kommode an der Wand eingestellt, da mußte der Vordergrund unscharf werden. Jetzt konzentriert er das Auge auf das Nächstgelegene, den eisernen Tunnel des Schlüssellochs. Wieder nähern die Schritte sich. Plötzlich wird es schwarz. «Unverschämt!» denkt der Mann und richtet sich blitzschnell auf. «Sie traut mir zu ...» Sein Ärger ist viel größer als jede andere Empfindung.

IV

Der Spalt, den der Vorhang der Umkleidekabine läßt, hat die Form einer langgestreckten, sehr flachen Mandel. Der Mann hat drei Kleiderbügel in der Hand, auf denen drei winzige Kostüme hängen. Er wartet darauf, das nächste Kostüm in die Kabine zu reichen und ein anprobiertes entgegenzunehmen. Die Kabinen sind eng. Die Vorhänge bewegen sich in leichten Wellen. Ganz lose liegen sie kurz auf einem runden Körperteil, dann fallen sie wieder in geraden Falten auf den Boden.

Der Spalt, den der Vorhang läßt, gehört nicht zu der Kabine, in die der Mann ein gelbes Kostüm hineingereicht hat. Diese Kabine ist durch ihren Vorhang gut verschlossen. Dann öffnet er sich, und der Mann muß sagen, ob das Kostüm gut sitzt. Es sitzt nicht wirklich gut. Ratsch, ist der Vorhang wieder zu.

Der Vorhang mit dem schmalen Spalt öffnet sich nicht. Er ist in sanfter Bewegung, aber er bleibt geschlossen. Dahinter wird gearbeitet. Die Faltenwellen verraten, daß sich da jemand bückt, dreht, aufrichtet, nach vorn beugt. Der Spalt füllt sich plötzlich mit einem warmen Aprikosenton. «Ganz abstrakt», denkt der Mann, «man weiß, daß es Haut ist, aber man könnte nicht sagen, von welchem Körperteil.»

Jetzt kommt das Licht, der Bildhauer. Ein hellgrauer Schatten macht den Aprikosenton zu etwas Gerundetem. Der Schatten vertieft sich und endet in einer scharfen dunklen Linie. Da beginnt also etwas Neues. Ein Arm, der an den Oberkörper gelegt ist?

In der Vorhangmandel ereignet sich ein kleines Wunder, eine Revelation. Die dunkle Linie bewegt sich, langsam und schwimmend wie ein Wels auf dem Grund eines Flusses. Und dann wird deutlich, daß sie in drei weichen, frischen Fältchen ausläuft. Die Linie des Oberarms hat die Achsel erreicht.

Das nächste Kostüm wird verlangt. Als der Mann wieder hingucken kann, ist der andere Vorhang halb geöffnet. Er weht in leichtem Zugwind, als sei die Kabine mit schnellem Schritt verlassen worden. Weit weg in der Nähe des Eingangs sieht er eine großgewachsene Frau, schon ist sie an der Tür. «Das schwarz-weiße und das rote sind gleich schön», sagt hinter ihm eine Stimme. «Dann nimm sie doch beide», antwortet er mit solchem Eifer, daß ein verwunderter Blick ihn trifft.

V

Das Fenster des Zugabteils ist heruntergelassen; die beiden schmutzigen Glasscheiben hintereinander machen die untere Hälfte fast undurchsichtig, während das obere schmale Rechteck in eine warme bräunliche Tiefe führt. Der Mann steht auf einem anderen Bahnsteig und sieht das Fenster erst, als der Zug, der es verdeckt hat, wie ein zur Seite gleitender Vorhang davonfährt. Er steckt in einer dichten Menschenmenge; es ist kaum möglich, sich von der Stelle zu rühren.

Aus dem trüben Aquarium der unteren Fensterhälfte taucht eine schlanke Frauengestalt auf. Sie ist ganz schwarz, ein Schattenriß. Der Mann weiß selbst nicht sofort, warum er sie erkennt. An ihrer Haltung? Sie bewegt sich kaum. Eine leichte Drehung des Körpers, als sie vom Opaken ins Transparente aufstieg, das war alles. «Es ist die Art, wie der Kopf auf dem Hals sitzt», denkt der Mann. Sähe sie einmal aus dem Fenster, könnte er versuchen, ihr zuzuwinken, aber sie sieht nicht aus dem Fenster. Sie steht in der Mitte des Abteils und scheint zu sprechen. Lange Zeit ist nur das verlorene Profil zu sehen, leicht nach unten geneigt. Dann zeigt sie kurz das volle Profil. «Wenn man ihre Nase nur als Silhouette sieht, kommt niemand auf den Gedanken, daß sie hübsch ist», denkt der Mann. Später fragt er sich, wieso er so ruhig in der Menge stehengeblieben ist. Auch ihr Zug steht still, aber sie hat in diesem Zug überhaupt nichts zu suchen. In wenigen Stunden ist sie mit dem Mann verabredet. Er ist auf dem Weg zu ihr. Und wohin fährt sie?

Aus dem Undurchsichtigen hebt sich jetzt eine zweite Gestalt. Die beiden Schatten verschmelzen sofort. Sie verbinden sich zu einem einzigen Körper, der von vier Armen fest zusammengehalten wird. Die Menschenmenge, aus Hunderten von Köpfen, blickt stumpf auf den anderen Bahnsteig. Man wartet auf einen anderen Zug. Den Zug ein Gleis weiter gibt es gar nicht.

Die Wagen rollen ein. Die Menge schiebt sich durch die Türen. Nur der Mann bleibt stehen. Ein zweites Mal soll sich der Vorhang öffnen. Er hat richtig gesehen … er hat nicht richtig gesehen … Das Hindernis gleitet zur Seite. Jetzt sieht er richtig: Der andere Zug ist weg.

Das Erwachen des großen Zorns

Das Telephon ist für viele Narreteien gut. Wir haben einen Freund, der äußerst ungern telephoniert, obwohl er noch nicht alt ist, und der klaglos hinnimmt, wenn er dadurch etwas Wichtiges verpaßt.

«Warum ich die Alistairs vor der Ankunft nicht noch einmal angerufen habe? Ihr kennt doch meine ästhetische Abneigung gegen dies üblich gewordene Hin und Her der Botschaften, der Modifikationen und Bestätigungen einer bereits getroffenen Verabredung – man ist verabredet – genügt das nicht?

Aber als ich im Dorf Quatre-Routes in ich weiß nicht welchem südlichen Département aus dem Omnibus stieg, erwartete mich niemand. Nach einer halben Stunde überwand ich meinen Widerwillen gegen das Telephon. Mein Ruf ging ins Leere. Ich war noch nicht beunruhigt; die Nachricht, die ich absandte, verschwand mühelos in den Lüften; die würden die Freunde lesen, wenn sie aus dem Garten wieder in das soeben erworbene alte Bauernhaus traten.

Ich habe Quatre-Routes ein Dorf genannt, aber es ist kein Dorf. Die Gegend hatte einst die reichsten Trüffelvorkommen besessen. Um den unstillbaren Trüffel-Hunger, die Trüffelsucht des edwardianischen England zu bedienen, war hier vor dem Großen Krieg ein Bahnhof für zwei sich kreuzende Bahnlinien auf freiem Feld gebaut worden. Güterwaggons voll schwarzer Trüffelknollen rollten von dort in den Norden.

Auch ein Genie unter den Trüffelschweinen hätte jetzt keine einzige Trüffel in den krüppeligen Eichenwäldern der Hügel mehr erschnüffelt, so rabiat war der Schatz ausgebeutet worden. Quatre-Routes: ein verlassener Goldgräber-Häuserhaufen. Die Bahnlinie war längst stillgelegt.

Ich stand vor dem *Café du Sport*, dessen dunkle Scheiben nicht erraten ließen, ob dadrinnen an der Theke nicht doch ein Fußballspiel diskutiert wurde. Auf der anderen Straßenseite, in einem einstöckigen bleichen Haus, lag ein Friseursalon mit Türen rechts und links vom großen Fenster; über der einen stand *Dames*, über der anderen *Messieurs* in der schnörkellosen, zukunftszugewandten Typographie der zwanziger Jahre. Das Geschäft war offenbar gegründet worden, obwohl sich abzeichnete, wann der letzte Trüffelzug endgültig abgefahren sein würde. *La France profonde* – dies vertraute Wort für den jahrhundertealten Gegensatz zwischen dem stimmenerfüllten Paris und der weiten schweigenden Landmasse in ihrer zeitvergessenen Gleichgültigkeit, an die Tiefsee mit ihrem sonnenfernen Eigenleben erinnernd – jetzt meinte ich, es Gestalt annehmen zu sehen.

Wer würde sich hier wohl frisieren lassen? Die Zeit der Dauerwellen war vorbei. Ein in der späten heißen Sonne erschöpft über die Straße schleichender junger Mann war kahl geschoren. In den alten Trüffel-Zeiten hatte es sicher einen lebhaften Verkehr zwischen Friseursalon und Café gegeben – die Händler, die Bahnbeamten, die Einkäufer, die sich rasieren ließen und im Café warteten, bis sie an der Reihe waren, Gesprächsrunden, die dann mit wenigen Schritten vom Friseursessel an die Theke hinüberwanderten. Eine blühende Friseuse für die Damenabteilung, deren Vorzüge von den Kennern gegen die der ebenso jugendfrischen Schankhilfe im Café abgewogen wurden.

Die Straße verengte sich, wo die beiden Häuser einander gegenüberstanden. Sie hatte etwas von einer Bühne. Aber hier wurde kein Stück gespielt. Jeden Augenblick mußte das Auto meiner Freunde vorfahren. Ich wollte sie draußen erwarten. Die altmodisch-modernistische Schrift über dem Friseurfenster zog mich an. Was suchte ich, als ich mich ihm näherte?

Die Scheibe war trüb, gewährte aber den vollen Einblick ins Innere. Ein Friseurstuhl mit schwarzem brüchigem Wachstuchpolster war umgestürzt, auf den Borden sah es aus, als habe jemand mit wütender Geste die Flaschen und Tiegel, Bürsten und Scheren zusammengeschoben. Ausgebleichte Plakate schöner Männer und Frauen mit Lichtpünktchen auf Lippen und Locken, von Fliegendreck gesprenkelt, sprachen noch davon, daß auch in Quatre-Routes einst eine Vorstellung von idealem Menschentum zu Hause gewesen war.

Aber jetzt hatte der Schmutz gesiegt. Shampoo-Flaschen waren umgefallen und mit rosa und hellgelben Gallerten ausgelaufen. Friseurkehricht aus dunklen Haarflocken umgab den stehengebliebenen Friseurstuhl in seiner vernickelten Schwergewichtigkeit. Eine hellblaue Plastikbürste lag auf den schwarz-weißen Bodenkacheln, daneben ein großer Haufen Hundekot. Über die Scheibe krabbelten schwarze Fliegen. Warum sind die Werkzeuge der Kosmetik und Reinlichkeit in gebrauchtem Zustand so ekelhaft?

Nur eine dickblättrige Grünpflanze hielt sich weiter am Leben; wie zum Hohn nennt man Gewächse ‹dankbar›, die nicht gleich aufgeben, wenn sie nicht gegossen werden. Eine Zauberstimmung lag über dem Laden, als sei hier vor Jahren schon die Zeit wie durch eine pompejanische Katastrophe angehalten worden, aber zugleich war da die dankbare Pflanze, die dann doch irgendwann an Wasser gekommen sein mußte. Ein warm-rötlicher Abendsonnenstrahl legte sich wie eine zum Himmel führende Straße in die Unordnung; da war es, als würden die Haarflocken auf dem Boden lebendig und verwandelten sich in still kauernde Mäuse.

Im *Café du Sport* waren unterdessen die Lampen angegangen; durch die Fenster schien es bräunlich, kahl-ungemütlich und doch lebenverheißend. Das *Café du Sport* besaß die Würde einer Institution; solange es bestand, wäre Quatre-Routes der Status einer menschlichen Ansiedlung nicht abzusprechen.

Hinter der Theke war eine Frau beschäftigt. Es hat

mich stets gereizt, den Büffetdamen in schlecht besuchten Wirtshäusern zuzusehen, wie sie sich auch ohne Kundschaft unablässig zu schaffen machen, etwas dort wegnehmen und hier hinstellen, etwas wischen, etwas trocknen, mit strenger Miene etwas notieren, den ganzen Raum hinter der Theke ausfüllen, ihn zum Bestandteil der Büffet-Damen-Persönlichkeit werden lassen, eine um die Flaschenregentin herumgelegte Bastion, für die Kundschaft unübersteigbar, während sie sich dahinter lässig, frei, souverän bewegen und sich von allen Seiten, bis zur Taille jedenfalls, zur Schau stellen.

Ich war längst eingetreten und beugte mich über mein Telephon; das Schweigen meiner Freunde begann mich zu beunruhigen. Die Frau hatte mich mit höchster Sachlichkeit bedient und war dazu sogar hinter der Theke hervorgekommen, aber etwas Abweisendes lag doch um sie, als verbiete es sich, dem einzigen Gast das Gefühl zu vermitteln, er sei besonders erwartet und willkommen – im Gegenteil, sie brachte ihm sein Glas Wein, nicht ohne ihn spüren zu lassen, daß er den Laden hier aufhalte.

Glaubte sie, daß sie damit den Eindruck von Professionalität vermittelte, etwas Städtisches womöglich? Blond gefärbt mit schwarzen Haarwurzeln, die weichen Schenkel von einer hautengen getigerten Hose umspannt: War sie eine ermüdete Vierzigerin oder eine guterhaltene Fünfzigerin? Auf jeden Fall ein Anziehungspunkt des *Café du Sport* – wenn sich da keiner einfand, dann konnte das nur heißen, daß keiner da war. Als sie mir das Glas hinstellte, erreichte mich eine kleine Fahne ihres Geruchs, nach mit einfacher Seife gewaschener Haut, der sich auf das glücklichste mit Zigarettenrauch verband; manche Frauenkörper verwandeln den Rauch in ein köstliches Parfüm.

Ja, sie rauchte in ihrem Lokal, obwohl ein neues Rauchverbotsschild zwischen der gerahmten Schankkonzession und einer Bierreklame hing. Wer hätte ihr das verbieten dürfen? Zwischen dem Räumen und Rücken zog sie an ihrer Zigarette, als wolle sie sagen: ‹Ich habe hier noch nicht einmal die Zeit, in Ruhe eine Zigarette zu rauchen.›

Ob sie ein englisches Paar kenne, das hier in der Nähe eine Mühle gekauft habe?

‹Monsieur›, antwortete sie gereizt, ‹jedes zweite Haus in der Gegend gehört einem englischen Ehepaar. Die kommen sowieso nicht hier herein, die sind viel zu …›, sie berührte mit dem Rücken ihres Zeigefingers ihre Nase.

Es war etwas schiefgelaufen. Heute abend kam ich nicht mehr weg aus Quatre-Routes.

‹Wir vermieten unsere Gastzimmer eigentlich nicht mehr›, sagte die Wirtin. Früher hätten sie manchmal Bauarbeiter aufgenommen, die in der Region Ferienhäuser herrichteten, aber sie wolle diese Typen nicht mehr im Haus haben. Die weigerten sich, um elf ins Bett zu gehen, und pinkelten ins Waschbecken. ‹Männer …›

Freundlich klang das nicht. Für Männer mußte man sich gar kein besonderes Pejorativum einfallen lassen. Ich bekam das Zimmer. War ich kein Mann in ihren Augen?

Zu essen habe sie nichts Richtiges im Haus, aber dann brachte sie mir zwei hartgekochte Eier mit Senf, Butter und Brot.

Noch heute erinnere ich mich, wie mich der extrascharfe Senf in der Nase kitzelte. Es war ein vorzügliches Mahl. Meine Unruhe war dahin. Aber ich weiß nicht mehr, wie es dazu kam, daß sie sich zu mir an den Tisch setzte und die Unangreifbarkeit hinter der Theke aufgab.

Sie machte keinen Hehl aus ihrer Unzufriedenheit mit der Entwicklung von Quatre-Routes. Vom verschwundenen Trüffelsegen war da gar nicht die Rede, der lag zu weit zurück. Aber nun war auch die neue Hoffnung zerschellt, die sie in den riesigen Supermarkt gesetzt hatte.

‹Wie? Den haben Sie nicht gesehen? Der größte Supermarkt des Départements. Sie sind doch mit dem Bus gekommen, gleich links am Ortseingang – da gibt es alles.›

‹Alles›, ein riesengroßes Wort, so groß wie das Nichts. Leider war in diesem Alles auch eine hochmoderne Cafeteria enthalten, die sämtliche aus den Nachbarorten angefahrene Kunden gleich nach der Kasse abfing mit ihren appetitlichen Tiefkühl-Asia-Pfannen und Steak-Burgern. Der Bürgermeister hatte sie alle betrogen. Er war ein gekauftes Subjekt – was half es noch, wenn man ihn abwählte, das Geld war in seiner Tasche. Und das Alkoholverbot für Autofahrer hatte dem *Café du Sport* den Rest gegeben. Vorher sei hier etwas los gewesen, von weit her seien die Leute gekommen und gut abgefüllt wieder nach Hause gefahren, sie kannten sich ja aus, das Auto fand seinen Weg von allein. Die Wirtin hatte einen großen Mund, den sie zur Verstärkung ihrer Worte ausdrucksvoll verzog, Bitterkeit und Verachtung vermochte sie in ein geradezu maskenhaftes Mienenspiel zu verwandeln.

Kein Zweifel, Quatre-Routes war tot, aber diese Totheit begann mich anzuziehen. Wer hier leben mußte, war vielleicht weniger bereit, diesen Reiz zu empfinden, aber für mich war er jetzt da; eigentlich schon erwacht, als ich den verwüsteten Friseurladen betrachtete, obwohl ich noch von den Gedanken an meine ausgebliebenen Freunde abgelenkt war. Ein starker Eindruck, dieser Laden.

Die Wirtin war wie verändert, die Empörung verschwand aus ihrem Gesicht, es leuchtete förmlich; hier war etwas geschehen, woran sie Anteil nahm.

Niemals habe man sich vorstellen können, daß es mit dem kleinen Henri Bourreau eines Tages so weit kommen würde! Vierzig Jahre alt, der Erbe dieses Friseurladens, den schon sein Großvater gegründet habe, aber in allem ein Erbe; Sohn eines stattlichen Vaters, eines athletischen Mannes – ‹ein Löwe›, sagte die Wirtin, sie war immer noch beeindruckt –, ganz unfriseurmäßig, kein Schwätzer, keine parfümierte Schlange, die Arbeitslast habe vor allem auf der Frau gelegen, der Vater habe wohl gespürt, daß er kein richtiger Friseur sei. ‹Aber was wollen Sie – ein solches Unternehmen gibt man nicht einfach auf!›

Der konservative, ja feudale Geist dieser verlassenen Region sprach aus ihren Worten.

‹Und nun Henri!› – das imposante Gesicht des Vaters ins Niedliche reduziert, zwei Köpfe kleiner, eine Schrumpfkarikatur des Alten, jeder Zug ererbt, aber in Sparversion. Nur das brennende, vielfach erwiderte Interesse an den Frauen sei überhaupt nicht auf ihn übergegangen, jedenfalls in Quatre-Routes niemals bemerkt, obwohl er ab

Mitte zwanzig am Wochenende öfter nach Brive gefahren sei – ‹irgendwas macht jeder›, sagte die Wirtin, als entdecke sie in meinen Augen ein zweifelndes Pünktchen. ‹*C'est normal!*›, das war geradezu eine Zurechtweisung. Sonst ein ereignisloses, gleichförmiges Leben, erfüllt von dem bißchen Scherengeklapper und Scherapparat-Gebrumm und Locken-Wegkehren, die Frauen in der Gegend suchten längst elegantere Salons auf und scheuten dafür die längere Fahrt nicht. Nur sie sei zum Färben hinübergegangen, obwohl sie das wahrlich selbst hätte machen können. ‹Aber man muß als Geschäftsleute hier zusammenhalten – er darf mit seinen kleinen Händen meine Kopfhaut massieren und bekommt dafür täglich sein Viertel Rotwein, das Café sieht dann auch etwas belebter aus.›

Sie entwarf ein Idyll der Stabilität, der Kontinuität, der *longue durée*, wie die Pariser Historiker gesagt hätten, und dazu gehörte auch eine Grundierung von Melancholie, im Grunde kostbar, wenn man erst einmal unsere Großstadt-Zappeligkeit mit ihrer falschen Ereignisfülle überwunden hat.

Und dann passierte eben doch etwas.

Vor einem Jahr war Henri Bourreau an einem heißen Sommerabend aus Brive zurückgekehrt. Der Wirtin fielen auf ihrem Ausguck hinter der Theke beinahe die Augen aus dem Kopf: Aus seinem kleinen Auto stieg eine Frau. Und was für eine! Jung, braunhäutig, mit im Straßenstaub schleifendem buntem Rock. Schon von weitem war der Fall klar – eine *Gitane*, eine *Bohémienne*, die Wirtin hielt sich mit der ethnologisch korrekten Nomenklatur nicht auf.

Sie bekam sie dann auch aus der Nähe zu sehen, Bourreau brachte sie schon bald ins *Café du Sport*.

‹Hierher!›, die Wirtin zeigte es mit beiden Händen, in ihrem Gesicht eine noch frische Verblüffung über diese Unverfrorenheit. Wie ein Weltmann bestellte er für sie etwas Süßes, *Kirsch fantaisie*, in der Folgezeit ihr bevorzugtes Getränk, auch am Vormittag, wenn er drüben am Schnippeln war.

Ja, sie blieb. Eine harmonische Verbindung war es nicht, jedenfalls soweit die Wirtin das mitbekam. Auf die stille Straße drangen abends manchmal laute Stimmen. Sie konnte nicht widerstehen, sie verließ ihren Platz hinter der Theke – ‹im Café war gerade nicht viel los› – und stellte sich unter das offene Fenster über dem Friseurgeschäft, und wer beschreibt ihr Staunen, als sie in der hellen, bis zum Diskant gesteigerten, überschnappenden Schimpfkaskade die Stimme von Henri Bourreau wiedererkannte – er hatte einen richtigen Wutanfall.

‹Den ersten seines Lebens – das holte sie aus ihm heraus!› Es war unmöglich, den Respekt zu überhören, den die *Bohémienne* ihr abnötigte; wo ein Verdienst sich offenbarte, erkannte sie es an. Sie war weit davon entfernt, die Fremde zu verurteilen. ‹Sie ist hübsch, ein rundes Gesicht, die Wangen so fest wie zwei Poulardenbrüstchen.›

Und sie hatte nichts zu tun. Tagsüber schweifte sie umher und erkundete die Gegend, das sind meine Worte, die Wirtin sprach von ‹Herumtreiben›. Sie war sogar in der Cafeteria des Supermarkts gesehen worden mit ihrem bunten langen Rock, kein Wunder, da bediente ein junger schlanker Algerier, so braunhäutig wie sie – ‹ich unterstelle nichts, aber was wollen Sie …› Zweimal traten ihre Brüder in Quatre-Routes auf, vier halbwüchsige Kerle mit Musikinstrumenten, zwischen zwölf und achtzehn, der älteste spielte Akkordeon, die mittleren Pummeligen Klarinette, der jüngste, ein Brillenträger – ‹wie ein jüdisches Wunderkind› –, hatte eine nagelneue, wie aus Karamelzucker gebackene Violine unterm Arm.

Das waren Höhepunkte in der neueren Geschichte des *Café du Sport*. ‹Die spielten alles› – wieder dieses ‹Alles› – ‹von *My Way* bis zur *Marseillaise*›, und wie durch ein Wunder war das Lokal voll, ohne daß der Besuch angekündigt worden wäre, wie die Leute das nur mitbekommen hatten? Ob wohl irgendwo Zettel verteilt worden waren? Sie hätte gerne etwas Festeres aus diesen Abenden gemacht, aber solche Gestalten seien unzuverlässig, ‹wie die Frau ja auch›. Vor einer Woche sei sie verschwunden, weg, verduftet. Das sei zwar vorher auch schon mal vorgekommen, aber höchstens für zwei Tage. Davor und danach Geschrei, dann offenbar wieder Versöhnung, ‹da ist man natürlich nicht dabei›.

Zwei Tage nach ihrem Verschwinden hatte Henri Bourreau noch weitergearbeitet. Der Friseurladen war seine Galeere, hier war er festgekettet. Die Frau war frei, er nicht. Darin lag sicher auch Stolz. Sich zu dieser großväterlich-väterlichen Bindung zu bekennen, sich ihr zu unterwerfen, das unterschied einen von dem Volk, das nichts besaß, woran es festzuhalten lohnte. Aber nachts ging das Licht nicht aus in seinem Zimmer. Er wartete. Wollte er wach sein, wenn sie wiederkam?

‹Dann muß es plötzlich einen Riß in seinem Verstand gegeben haben.› Die Fähigkeit zu Wutanfällen, die seine Geliebte in ihm geweckt hatte, wandte sich in ihrer Abwesenheit gegen ihn selbst. Wie er da in der Nacht seinen Laden verwüstet hatte, das bekam die Wirtin nicht mit – ‹wir schlafen nach hinten heraus›. Am Morgen hing ganz ordentlich das Schild ‹Geschlossen› an der Glastür, aber dahinter herrschte das Chaos. Der Friseur war unauffindbar; es suchte allerdings auch niemand richtig nach ihm. Er hatte in seinem hastigen Aufbruch sogar seinen Köter im Laden vergessen; das Vieh jaulte einen Tag lang verzweifelt, bis jemand die Hintertür aufbrach und es befreite – ‹der Hund drückt sich hier herum – haben Sie ihn nicht gesehen?› Die Polizei weigere sich, nach Bourreau zu fahnden, es lägen keine Anzeichen für ein Verbrechen vor – eine Ausrede der reinen Faulheit. Andererseits sei Frankreich ein freies Land.

‹Wenn ich hier alles› – ‹alles›! – ‹stehen- und liegenließe, würde ich mich dann von einem Henri Bourreau verabschieden?› Ihre Gedanken verloren sich. So lange hatten sie ihre Geschäfte in nächster Nachbarschaft geführt, aber zu behaupten, daß man einander gekannt habe, das wäre übertrieben gewesen.

Wir schwiegen eine Weile. Sie war jetzt weit weg von mir und vom *Café du Sport*, in Überlegungen verstrickt, die sich ihrer ohne Vorwarnung bemächtigten. Die erste Flasche Rotwein hatte ich allein getrunken, bei der zweiten beteiligte sie sich, stets ganz wenig eingießend, einen Bodensatz nur, den sie dann mit einem Schluck wegschlürfte, den

Kopf dabei im Nacken; diese bacchantische Geste kam bei dem bißchen Wein im Glas von selbst zustande.

Wie würden wir diesen Abend beschließen? Die Leidenschaft, von der sie mir erzählt hatte, die dramatische Friseurladen-Verwüstung, hatte mich nicht unbeteiligt gelassen. Sie sprach leise, als gelte es, sich vor Mithörern zu schützen. Ihr Blick war nicht mehr nach innen gerichtet, sie war aufgetaucht aus den Tiefen und sah mich an. Ich erwiderte ihren Blick.

Und zugleich öffnete sich wie durch einen Windhauch, aber leicht knarrend, eine Tür im Hintergrund. Es war, als schaute ich in einen Schacht, an dessen Ende eine gelb erleuchtete, verborgene, fensterlose Kammer lag. Hier saß ein schwerer kahlköpfiger Mann an einem Tisch; er trug ein Unterhemd, Arme und Brustausschnitt waren mit dunklem Widder-Gewölle bedeckt. Er wandte nicht den Kopf, seine Aufmerksamkeit galt in versunkener Bewegungslosigkeit der Zeitung vor ihm.

Mein Zimmer war klein, mit zwei doppelstöckigen Betten für die ungezogenen Bauarbeiter; ich konnte ihnen nicht verdenken, daß sie lieber in der Gaststube sitzen blieben. Ich öffnete das Fenster. Ein frischer kühler Hauch voll Gras- und Pflanzenduft schwappte herein. Das Stadtgründungsprojekt von Quatre-Routes war gescheitert, aber die Nacht heilte die Wunden der Enttäuschung mit dem Balsam des grünen Landes. Man mußte nach Quatre-Routes zum Schlafen kommen.

Dennoch glitt ich zunächst in einen unangenehmen Traum: Ich sah mich mit meiner Brille in der Hand, die in ihre Bestandteile zerfiel. Es gab plötzlich eine Fülle von Schräubchen, die ich auffangen mußte, die aber nicht zurück an ihre Stelle wollten. Alles strebte auseinander, es war zum Verrücktwerden. Ohne Brille war ich blind, aber es wurden immer mehr Bruchstücke, die Reparatur war leicht und zugleich undurchführbar. Ich erwachte, blickte ein Weilchen ins Stockdunkle, die köstliche Luft von draußen einatmend, und schlief dann fest, bis die Morgensonne mich weckte.

Vor meinem Fenster lag eine Wiese, dann kam ein flacher Fluß. Das Wasser dampfte morgendlich. Nasses braunes Laub vom Vorjahr wurde von den seitlich einfallenden Strahlen durchschienen und leuchtete golden auf, als habe ein darüberschleifender Rock es gegen den Strich aufgerichtet, so daß es das Licht einfing. Die Wiese funkelte in sommerlichem Dunst.

Ein neuer Tag, ein anderer Tag. Den Kaffee brachte mir der massige Kahlkopf aus dem Hinterzimmer, die Wirtin habe ich nicht mehr gesehen. Kurz bevor ich in den Bus stieg, der mich zum nächsten Bahnhof bringen sollte, warf ich noch einen Blick in den Friseurladen: Der umgestürzte Stuhl war aufgerichtet. Ein Mann saß darin, ein anderer in weißem Kittel stand hinter ihm und schnitt ihm die Haare. Ein Bild, so flüchtig wie eine Sternschnuppe. Schon fuhr der Bus an.

Und das Ausbleiben meiner Freunde? Das hat sich später geklärt – ein Mißverständnis. Zwecklos, sich damit aufzuhalten.»

Alexandre de Paris

Im Reich eines großen Friseurs

I

3, Avenue Matignon – hier stand das Haus, in dem Heinrich Heine 1855 gestorben ist. Die Adresse hat an Bedeutung nicht verloren. Hier ist heute einer der berühmtesten Friseursalons der Welt zu finden: «Alexandre de Paris». Dem großen Friseur ist sein Vormieter nicht unbekannt geblieben. Indem er auf Heines nostalgische Reprise der Brentano-Ballade von der schönen Loreley anspielt, sagt Alexandre: «Ich habe mich nicht umsonst bei einem Dichter niedergelassen, der eine Frau besungen hat, die sich kämmt!»

Eine Sphinx von Cocteau begrüßt den Eintretenden auf dem Fußboden. Das Fabelwesen ist Programm: Ernsthaft sind die Kundinnen von Alexandre, in tiefe Gedanken versunken, von der Pflicht zur Schönheit gezeichnet. Wer sich einen luxuriösen Friseursalon vorstellt wie das «Türkische Bad» des Jean-Auguste-Dominique Ingres, angefüllt mit trägen, wollüstig der Pflege durch Sklavinnen und Eunuchen hingegebenen Frauen, wird von der fortschrittlichen Nüchternheit, die bei Alexandre herrscht, beschämt. Die Frauen, die hier eintreten, haben den Vormittag eisern zurückgezogen im Bett verbracht und sind für die Arbeit, die sie erwartet, ausgeruht. Sie benötigen kein Unterhaltungsprogramm, denn das Leben hält in dieser Hinsicht schon genug Anstrengungen bereit. Hier gibt es keine Frauen, die von der Sehnsucht nach einem Schwätzchen zum Friseur getrieben werden. Keine Musik dudelt, keine Zeitschriften liegen aus. Es riecht nicht nach Chemikalien, und es hängen keine dicken Parfümwolken in der Luft. Die wichtigsten Kundinnen des Hauses bleiben unsichtbar, denn sie werden in separaten Kabinen behandelt. Aber auch die Frisiersessel in dem großen Saal sind so aufgestellt, daß jede Frau sich mit ihrem Friseur allein fühlen kann.

Konzentrierte, verdüsterte, abwesende Frauengesichter blicken in die untere Hälfte der Spiegel; darüber schweben schmelzend lächelnde Männerköpfe. «Nur noch ein wenig Geduld», scheinen sie zu sagen, «es ist ganz leicht, schön zu sein. Wir kennen das Geheimnis. Es wird auch diesmal wieder gelingen.»

II

Die alte Dame sitzt kerzengrade in dem schwarzen Ledersessel. Ihre Stirn ist gewölbt. Ihre Nase ist gebogen, ihr Doppelkinn zart wie Marzipan. Ihr Haar ist auf Lockenwickler gedreht, die so exakt wie die Lockenrollen auf der

Perücke eines englischen Lordrichters nebeneinandersitzen. In den runden Löchern der Lockenwickler sieht man das junge Grün der Kastanien draußen schimmern; ein Meisterschütze könnte versucht sein, durch sie hindurch auf einen Vogel zu zielen. Die alte Dame ist eine Büste ihrer selbst, eine barocke Bronze von Bernini, Donna Olimpia. Aber nun tritt von hinten ein liebevoll blickender Herr im schwarzen Anzug heran und zieht die Papilloten heraus, fast ohne das Haar zu berühren; und das Haar dankt ihm diese Geschicklichkeit und bleibt in festen Rollen stehen, als sei es aus weißem gesponnenen Glas. Auch dieser Zustand ist schön; auch dieser könnte ewig dauern. Um so erschreckender, daß der Herr im schwarzen Anzug jetzt die Hände gegen sein eigenes Werk erhebt. Er spreizt die Finger über dem ehrwürdigen Haupt und greift in die makellose Ordnung hinein. Er gräbt in den Locken, er zerrauft und strählt sie, er fährt durch das feine Haar wie durch eine Pferdemähne. Die alte Dame sitzt da mit gesträubtem Haar, als habe sie im Spiegel ein Gespenst gesehen, aber ihr Blick verrät kein Entsetzen: Mit halbgeschlossenen Augen scheint sie die Berührung der Fingerspitzen ihrer Kopfhaut zu genießen.

Die kleine Ausschweifung findet ein Ende, an die Stelle der Fingerspitzen treten Bürsten, die in großen Strichen die Wirrsal striegeln und ordnen. Das Haar glättet sich zu einem ebenmäßigen Helm; die alte Dame gleicht jetzt einem der fürstlichen Altersportraits Goethes. Und das ist immer noch nicht das Aussehen, mit dem sie den Salon verlassen wird. Nach dem Gießen der Bronze beginnt das

Ziselieren. Der Haarhelm ist nichts als der solide Untergrund für eine Anordnung halbmondförmiger Locken, die auf dieser Fläche nebeneinander ausgelegt werden. Als sich die alte Dame erhebt, ringeln sich auf ihren von zartblauen Adern durchzogenen Schläfen zwei Widderhörnchen aus weißem Haar. Die Stirn wird von einer Zwillingswölbung aus Haar überragt. In ihrem weiten Frisiermantel, der sie zwergenhaft erscheinen läßt, strebt sie der Garderobe zu. Den Frühlingsregen, der jetzt niedergeht, fürchtet sie nicht. Der schwarze Diener, der unten in der Halle mit ihrem Mops gewartet hat, hält auch einen Regenschirm bereit.

III

Was unterscheidet Alexandre von Kardinal Dubois, dem französischen Premierminister der Régence-Zeit und reichsten Mann seiner Epoche? Auch der Kardinal hat seinen zu beunruhigenden Höhen führenden Lebensweg als Friseur begonnen; erst als er dem Regenten bei der Vorbereitung kleiner Lustbarkeiten unentbehrlich geworden war, schlug er die geistliche Laufbahn ein. Alexandre Raimon, eigentlich Raimondi, der 1922 in St. Tropez geboren wurde, hingegen hat sich in die Lehre seines berühmten Vorbildes Antoine in Cannes nur begeben, um Friseur zu werden und zu bleiben, und zwar ein großer Friseur. Schon dem Sechzehnjährigen hatte eine kartenlegende Zigeunerin prophezeit, daß eines Tages die Frau eines Königs sein

Glück machen werde. Als 1946 die Herzogin von Windsor in Antoines Salon kam, wo Alexandre gerade den Patron vertrat, ging die Weissagung in Erfüllung – die Herzogin war zwar nur eine morganatische Gemahlin, und der König hatte abgedankt, aber sie gehörte dennoch zu den *femmes arbitres*, und das Urteil, das sie sprach, war günstig. Alexandre schuf für sie die gebäckartig festen Haarpolster, die ein Scheitel teilt und die, zusammen mit dem spitzen Kinn, ihrem Kopf etwas Herzförmiges gaben – eine poetische Anspielung auf den Umstand, daß eine Herzensentscheidung das Schicksal der Dame geworden war?

Mit der Gunst der Herzogin von Windsor wurde Alexandre klar, daß es möglich war, ein großes Ziel zu erreichen. Jedes Fach kennt seinen Meister. Alexandre nahm sich vor, der erste aller Friseure zu werden. Die *femmes arbitres* verließen ihn nicht. Coco Chanel wurde eine zweite Lehrmeisterin und unterwies ihn in der doppelten Kunst, gewagte, gelegentlich sogar delirierende Frisuren für die Mannequins der Haute Couture und zugleich solide, nüchterne Frisuren für Königinnen zu entwerfen, die vor allem ein Haarkissen für ihr Diadem benötigen. Bald gab es viel mehr Köpfe, die von ihm frisiert werden wollten, als er mit seinen Händen hätte leisten können. Zeitweise arbeiteten hundert Friseure unter seiner Anweisung. Noch heute denkt er nicht daran, sich zur Ruhe zu setzen. «Ich habe einen großen Namen», sagt Alexandre. «Ich trage die Last einer gewaltigen Verantwortung auf meinen Schultern. Es steht fest: Ich werde arbeiten, bis ich tot umfalle. Das hat die Fee entschieden, die an meiner Wiege stand. Die Aufgabe ist unerschöpflich: Es geht darum, die Persönlichkeit einer Frau zu erkennen – sie so zu sehen, wie sie selbst sich nicht sieht, wie sie selbst sich nicht zu sehen wagt. Und wenn man diese Persönlichkeit erkannt hat, dann muß man sie idealisieren. Vielleicht kann nicht jede Frau schön sein, aber jede Frau kann in ihrer Persönlichkeit derart gesteigert erscheinen, daß sie unvergeßlich ist.» Alexandre seufzt. «Das war nicht immer leicht. Manchmal glich mein Leben einem Martyrium. Ich war von vielen Pfeilen durchbohrt wie der heilige Sebastian!» und er schlägt mit den Händen auf seinen Körper; dann ballt er sie zu Fäusten, schüttelt die Erinnerung an die Leiden ab und ruft aus: «Aber ich habe die Pfeile alle wieder herausgerissen!»

IV

Die Falten der Schwarzhaarigen, die im Ledersessel Platz genommen hat, sind keine Altersfalten, sondern Zeugnisse eines leidenschaftlichen, rücksichtslosen Lebens, «ehrliche Falten», wie sie selbst es ausdrücken würde. Ihr Pony bedeckt ihre Stirn bis zu den Brauen; darunter sehen aufgerissene Augen mit kaum verhülltem Abscheu in den Spiegel. Die Schwarzhaarige sieht aus wie ein Mensch, der sich mit vollem Bewußtsein in Lebensgefahr begeben hat. Wachheit heißt ihre Devise. Wenn der junge Friseur eine breite Strähne ihres Haares zwischen zwei Fingern straff in die Höhe hebt, verfolgt sie das wie eine Völkerkundlerin, die der Verwandlung des eigenen Kopfes in einen Schrumpfkopf zusieht – mit Entsetzen und zugleich einem wissenschaftlichen Interesse, das erst mit dem letzten Atemzug erlöschen wird. Der junge Friseur scheint nichts vom Zustand seiner Kundin wahrzunehmen. Als spiele er allein auf einer Wiese mit Grashalmen, betrachtet er die schwarzen Haarspitzen zwischen seinen Fingern, die etwas Borstenhaftes haben, und schneidet ein paar Millimeter davon ab, Haarflöckchen schweben zu Boden, jedes bei seinem Flug von den stummen Blicken der Schwarzhaarigen begleitet.

Der junge Friseur ist schlank und groß und trägt eine byroneske Mähne; er sieht aus wie eine schöne Sängerin, die in «Hoffmanns Erzählungen» die Hosenrolle spielt. Plötzlich hat er von seinem schweigenden Schnipseln genug, oder spürt er die Anspannung der Kundin? Er tritt ins Bild: Jetzt schiebt sich sein Kopf genau über den der Schwarzhaarigen im Spiegelrahmen; sie blickt ihn an wie eine Erscheinung. Der junge Friseur beginnt lächelnd zu sprechen. Er hebt seine großen Hände und macht schöne Gesten um ihren Kopf herum. Es sieht aus, als bestreue er ihn mit Zucker und wedele ihn sogleich wieder weg. Er pumpt Luft unter die Strähnen, ohne sie zu berühren, er wirbelt sie imaginär zu einem üppigen Tuff und fegt sie in einem kalkulierten kleinen Sturm wieder auseinander. Als er dann eine neue Haarsträhne ergreift, um mit der Schere ihre äußersten Spitzen zu kitzeln, hat sich die Erregung der Schwarzhaarigen wohltuend gelöst.

Oberflächliche Beobachter könnten zu dem Urteil gelangen, sie habe sich überhaupt nicht verändert, als sie nach einer Stunde den Ledersessel verläßt. Das betrifft aber nur ihre Frisur. Ihr Blick ist ein wenig zerstreut, seitdem sie nicht mehr in den Spiegel guckt, aber ihr Schritt verrät die Entschlossenheit einer Wiedergeborenen. «Schönheit ist Willenssache», sagt Alexandre und nickt seinem begabten jungen Schüler zu. «Wenn sie will, ist jede Frau schön. Wenn sie schön ist, ist sie auch glücklich. Und wenn sie glücklich ist, ist sie auch gut.»

V

«Es gab einen Augenblick in meinem Leben, in dem ich erfuhr, wer ich wirklich bin», sagt Alexandre. «Es war im Jahre 1947; ich war noch ein sehr junger Mann und lief zum ersten Mal in Paris herum. Ein Frühlingstag so wie heute; ich sehe noch die blühenden Kastanien im Park von Versailles vor mir. Sie können sich vorstellen, mit welchen Empfindungen ich den Park betrat. Kein Friseur kann Versailles ohne innere Anteilnahme betreten. Unsere Kunst wurde hier ihrem bisher unerreichten Höhepunkt entgegengeführt. Der heutige Naturalismus ist schön und gut, aber der Triumph des Friseurs ist nun einmal die Perücke. Und welche Perücken wurden in Versailles geschaffen! Lockenkaskaden wie Wasserfälle, eine wahre Verdopplung der Person durch das Haar. Der größte Friseur aller Zeiten aber war ohne Zweifel Léonard – er hat die Königin Marie Antoinette den französischen Geschmack gelehrt; sie konnte sich nicht einmal die Flucht nach Varennes ohne ihren unersetzlichen Léonard vorstellen. Léonard! Welch ein Name! Welch ein Mann!

Es war zwölf Uhr mittags. Ich war weit in den Park vorgedrungen und war in das eigentliche Reich der Königin Marie Antoinette gelangt: die Gegend um das *Petit Trianon*. Ich bog um eine Baumgruppe, und da lag der Hameau – die pittoresken kleinen Bauernhäuser im Stile Bouchers, in denen die Königin den Idealen Rousseaus huldigte. Hier trank sie Milch, die eine Herzogin für sie gemolken hatte, aus einer Tasse, die nach dem Vorbild der eigenen Brust geformt war; Sèvres stellt diese Tasse übrigens neuerdings wieder her.

Es herrschte vollkommene Stille. Die Vögel waren verstummt. Ich blieb plötzlich stehen. Auf einer Bank in einiger Entfernung saß eine wunderschöne junge Frau in einem langen weißen Kleid. Auf einmal nähert sich ihr mit schnellen Schritten ein sehr junger Mann mit einem Zopf und einem Degen und fällt vor ihr auf die Knie.» Hier fällt Alexandre selbst auf die Knie; sein Gesicht ist von jugendlicher Begeisterung, Ehrfurcht, Bewunderung, Liebe und Sorge erfüllt, und seine Hände, die so viele königliche Schöpfe berührt haben, flattern wie die Schmetterlinge, während er mit verhaltenem Nachdruck sagt: «Ich hörte kein Wort, aber ich sah das Gestikulieren des Pagen; er schien etwas Dringendes und zugleich Furchterregendes mitzuteilen.» Jetzt erhebt er sich, sein Ausdruck verliert das jugendliche Feuer und wird nachdenklich. «Als der Page gegangen war, saß die Dame noch eine Weile sinnend auf der Bank.» Alexandre legt die Hände gelassen in den Schoß, hält die Knie zusammen, stellt die gleichfalls zusammengehaltenen Füße ein wenig seitwärts und verkörpert überzeugend die Haltung einer auf einer Bank sitzenden Dame. Dann beugt er sich vor und rafft seine unsichtbare weiße Robe zusammen. «Und da beugte die Dame sich vor und raffte ihre Röcke, und während sie den weiten Stoff anhob, wurde plötzlich alles rosa, eine rosa Wolke! – und sie war verschwunden.»

Alexandre stand wie vom Donner gerührt. Er sah sich um: Alles war menschenleer. Im *Hameau* begegnete er einem alten Kriegsveteranen, der ihm die *Laiterie* der Königin aufschloß. «Ich blieb eine Weile in dem kleinen Zimmer, in dem Léonard die berühmte Frisur aus tanzenden Vögeln und echten Blumen geschaffen hatte. Und als ich bald darauf mein erstes Friseurgeschäft in der rue Faubourg St. Honoré eröffnete, da stellte sich heraus, daß die Nr. 11, mein Haus, das Wohnhaus Léonards gewesen war. Das alles sind keine Zufälle. Für mich steht fest: An diesem Frühlingstag in Versailles, um zwölf Uhr mittags, war ich Léonard.» Und indem er verbindlich lächelt, fährt er fort: «In gewisser Weise bin ich das natürlich heute noch.»

IV

Vinusse

Acht Weinetikette und ein Prolog

Der Volksschullehrer von Redondesco bei Parma feierte in einer glanzvollen Rede die Einheit der europäischen Völker und der europäischen Kultur. «Hätte es uns in den Jahrhunderten der Entzweiung nicht zu denken geben sollen», so fragte er beschwörend, «daß alle Völker unseres Erdteils für die großen Dinge des Lebens nur ein einziges gemeinsames Wort haben? Und was gibt es Größeres als den Wein? Und wie heißt der Wein in den Zungen der Völker? *Vino* in Italien, *vin* in Frankreich –», er nasalierte mit unendlicher Feinheit, «*wine* in England, *Wein* in Deutschland, *vin* in Schweden» – im Publikum waren Ausrufe des Unglaubens zu hören –, «*gvino* in Georgien und –», der Volksschullehrer von Redondesco hob seine Stimme, um seinen stärksten Trumpf richtig auszuspielen und das Hindernis, das ein Endkonsonant seinen Landsleuten bereitet, durch die Hinzufügung einer vokalisch ausklingenden Endsilbe volltönend zu umgehen – *v i n u s s e* auf latein!»

Der Wein meiner Urgroßmutter

Meine Urgroßmutter war die Tochter eines Bierbrauers, aber sie liebte den Wein. Wein war für sie nicht einfach ein angenehmes Getränk, sondern ein Medikament, eine Tröstung, eine Panazee. An Rhein und Mosel gingen fromme und mildtätige Bürgersfrauen, wenn sie bedürftige Familien besuchten, in großen Capes einher; vorne mit tiefen Taschen, in denen die Gaben nach außen hin unsichtbar befördert werden konnten, denn die Hilfe sollte diskret geschehen. Und in diese Taschen kamen eine oder zwei Flaschen guten Weins in den überschlanken Flaschen, die man flötenförmig nennt, von einer Form, die in ihrer Eleganz schon eine Ahnung von der Kostbarkeit des Inhalts vermittelte und die – vielleicht sogar zu Recht? – nach der Erneuerung des Weingesetzes allmählich verschwunden ist. Die Wöchnerinnen an der Mosel tranken damals unbesorgt eine halbe Flasche Wein, wenn sie stillten, bevor sie den Täufling in die Kirche trugen – er war dann so lieb und ruhig während der ernsten Zeremonie.

Wie eine große Mosel- oder Rheingau-Spätlese in den Tagen meiner Urgroßmutter zelebriert wurde, zeigen die Gläser, die dafür in Gebrauch waren: aus dickem Kristall geschnittene Pokale, die das Licht auffingen und den Wein stärker funkeln ließen, grünlich oder golden getönte Gläser, die schon optisch eine feine Säure oder eine üppige Süße suggerierten, mit manieristisch geschraubten Füßen, die eine kleine Coppa feierlich in die Höhe hoben. Wein für die wichtigen Einschnitte des Lebens wurde im Keller eigens beiseite gelegt und mit einem Zettel versehen: «Bei Marias Hochzeit zu trinken», «Bei meiner goldenen Hochzeit zu trinken»; es gab sogar Leute, die Weine zum besseren Schutz einmauerten. Und so gehörte es sich für meine Urgroßmutter als Katholikin, daß sie auch für den Fall, für den schwer Vorsorge zu treffen ist, gut vorbereitet war. Ein Schlaganfall ließ sie auf den Boden ihres Zimmers stürzen, während ihre Nachkommenschaft sich dem Karneval hingab, aber sie starb nicht sofort, sondern gewann, nachdem man sie zu Bett gebracht hatte, noch einmal die Sprache zurück, als sie die Familie vollzählig um sich versammelt sah. Der Priester war schon dagewesen, aber damit war noch nicht alles geschehen. «Ich glaube, es ist Zeit, daß du die Flasche heraufholst!», sagte sie zu ihrem Sohn, meinem Großvater, der sofort wußte, welche unter den zahlreichen Flaschen in seinem Keller gemeint war. Ich stelle mir in den Gläsern eine Essenz vor, Honigsüße, die Politur für eine alte Kommode und eine ganz zarte Myrrhenbitterkeit, in winzigen Schlucken zu trinken, besser zu saugen, damit sie sich sofort im ganzen Mund verbreitete, ein Leben auf Flaschen gezogen. Nach diesem Glas habe sie nichts mehr zu sich genommen.

Der Wein des Hofes

Der Besuch des kleinen Wirtshauses am Ufer der Creuse schien improvisiert, aber es wurde schnell klar, daß die Gastgeber sich schon Tage vorher telephonisch mit der

Köchin beraten hatten. In dem träge dahinfließenden flachen Fluß, dessen niedrige Staustufen kein Hindernis für die Kähne der Angler bildeten, gab es eine Art Barsch, den man besser vorbestellte, denn er war zugleich selten und begehrt. Die Köchin hatte sein Fleisch in eine weiße Pastete verwandelt. Was würde man dazu trinken? Das Essen hatte der Historiker bestellt, den Wein bestimmte der Maler.

«Wir werden einen roten, kühlen Loire-Wein trinken», sagte er.

«Einen Chinon?» fragte der Historiker.

«Um Gottes willen, keinen Chinon!» sagte der Maler. «Ein Chinon riecht nach Veilchen, das paßt nicht zu einem Flußfisch. Ich möchte ins Nachbardorf gehen, nach Bourgueil, der Bourgueil hat einen leichten Himbeerduft, weniger blumig, obstartiger, der schmiegt sich der *perche* an wie eine Sauce.»

«Alle diese Vergleiche sind doch ganz unzureichend, denn sie verraten nichts vom wahren Charakter des Loire-Weins: Er ist wie eine milde, weiche Milch, eine rote Milch, wie aus den Eutern unserer weißen Kühe geflossen, ein vollkommen reiner Fleischsaft», sagte der Historiker, «aber ich bin mit Ihrer Wahl einverstanden. Der Chinon und der Bourgueil sind die Weine des Rabelais, man versteht Pantagruels enorme Quantitäten erst, wenn man weiß, daß er diese spirituellen Durstlöscher getrunken hat.»

Inzwischen war der Wein gebracht worden, und der Maler hob sein Glas an die Nase. «Merkwürdig», sagte er, «heute rieche ich weder Himbeeren noch Veilchen. Ich rieche gar nichts vordergründig Charakteristisches. Harmonie, Frische, Klarheit – den französischen Klassizismus.»

«Der Loire-Wein ist der Wein des Hofes von Frankreich, der königliche Wein», sagte der Historiker. «Als sich die Vorstellung formte von dem magischen Amt ‹König von Frankreich›, als sich die großen Institutionen herausbildeten, die mit diesem Amt untrennbar verbunden sind, als die französische Sprache sich entwickelte und die Maßstäbe für den Geschmack gefunden wurden, stand auf dem Tisch des Königs dieser Wein. Das sind Vorteile, die der köstlichste Wein der Welt niemals einholen kann: in der richtigen Stunde, im Augenblick der Schöpfung einer Nation, dabeigewesen zu sein.»

«Der Hof trank natürlich nicht nur Loire-Wein», sagte der Maler. «Da gab es doch auch den Wein aus der Champagne – selbstverständlich keinen Champagner! – oder die Weine aus Burgund ...»

«Die hat der König auch getrunken», räumte der Historiker ein, wie man einer pedantischen Bemerkung recht gibt.

«Und der Bordeaux?» fragte der Gast mit einer Schüchternheit, deren Berechtigung er sofort erfahren sollte.

«Der Bordeaux!» riefen der Historiker und der Maler. «Der Bordeaux hat bei Hof niemals etwas zu suchen gehabt! Bordeaux ist etwas für Engländer!»

Der Wein des Kenners

Der Kenner war so elegant, daß allein sein Anblick die Erwartung auf seine Weine steigerte. Er war groß und stützte sich auf ein Malakkarohr, im Ärmel seiner bordeauxroten, mit Seidenverschnürungen besetzten Samtjacke steckte ein gestärktes weißes Taschentuch. Der Raum schwamm in goldenem Kerzenlicht. Wir hatten viel gegessen und getrunken und waren friedlich animiert und etwas benebelt. Der Kenner hatte uns eine Überraschung versprochen. «Den Keller, aus dem dieser Wein stammt, habe ich mit zwanzig Jahren zum ersten Mal betreten. Ein Freund meines Vaters, einer jener Kenner, wie es sie heute eigentlich gar nicht mehr gibt, hat mich dort eingeführt. ‹Ich erwarte von dir, daß du dich ordentlich benimmst!› sagte er mir, als wir die Treppe hinuntergingen. ‹Was du hier bekommst, muß auf Knien getrunken werden.› Offen gestanden weiß ich gar nicht, warum ich Ihnen meine letzte Flasche aus diesem Keller habe öffnen lassen. So lange habe ich gewartet, und jetzt mache ich für Sie ausgerechnet diese Flasche auf! Ich muß verrückt sein.» Wir genossen diese schlechte Behandlung als Beweis der ganz großen, immer auch einsamen Kennerschaft.

Da stand die Flasche, schmutzig, mit kaum mehr lesbarem, von Staub und Schimmel zerfressenem Etikett, seit vielen Stunden schon geöffnet, neben ihr auf dem silbernen Tablett lag der lange dünne Korken. Der Kenner ergriff ihn mit kräftiger Greisenhand, quetschte ihn, um seine Festigkeit zu prüfen, und hielt ihn an die Nase. Das

Ergebnis dieser Prüfung blieb sein Geheimnis. Es schien ihn nicht zu beunruhigen, aber Fragen aufzuwerfen. Jetzt legte sich die Hand um den Flaschenleib, eine geradezu erotische Berührung, so wurde auch die Festigkeit eines Schenkels betastet. Da wir aus dem erwärmten Eßzimmer kamen, schien der Raum uns kühl – zu kühl für die kostbare Flasche? Der Kenner verriet nichts, aber er wiegte den Kopf. Dann nahm er eine leere Kristallkaraffe und begann mit leisem Zittern der Hand den Wein in sie hineinzugießen; einer von uns mußte dabei wie ein Meßdiener mit einer brennenden Kerze assistieren, bei deren Schein sich zeigen sollte, wann der gefährliche Bodensatz dem Flaschenhals nahte. Und dann war er da, der Augenblick, in dem wir die Gläser zur Nase hoben und doch den Blick vom Kenner nicht abwandten: wie er die Luft einsog, die Augen schloß, wie er nachdachte! Und dann das Befremden, als wir vorsichtig tranken und etwas Flaches, wie verdünnter Wermut oder mit Alkohol versetzter Lakritzensaft, auf die Zunge kam – so waren eben diese sehr alten Weine: wie Giotto-Fresken voller Risse und ehrwürdiger Schäden. «El Hakim aus Algerien», sagte der Kenner, «der macht die Lippen blau. Eins fünfundsiebzig im Supermarkt. Ein sehr anständiger Wein, für Sie doch gut genug!»

Der Wein des Vize-Admirals

Der Vize-Admiral hatte in seinen Club gebeten. Wir durchquerten prunkvolle Säle im Stil der Brüder Adam mit goldenen und pfefferminzfarbenen Stukkaturen, aber das Speisezimmer, in dem das Essen stattfinden sollte, glich mit seinem auf die Täfelung gemalten Marmor dem Offiziers-Casino einer entlegenen indischen Garnison. Und zugleich war alles darin von maritimem Geist durchdrungen: Düstere Seeschlachten und in schwerer See schlingernde Fregatten schmückten in dicken Goldrahmen die Wände, und in Glasschränken standen die gleichförmig gebundenen Jahrgänge einer der Seefahrt gewidmeten Zeitschrift. Die Tischplatte aus spiegelndem Mahagoni war derart dicht von silbernem Tischgerät besetzt, daß man an zahlreiches Treibgut auf glatter Wasseroberfläche nach der Explosion eines Schlachtschiffes erinnert wurde. Was die Erwartung steigerte, war die Reihe von neun Kristallgläsern, die wie stumme Lakaien in schimmernder Livree vor jedem Gedeck warteten. Zu den *Hors d'œuvres* – Oliven, Russischer Salat, Sardinen, *potted shrimps* und Räucheraal – gab es einen Mosel, der «Hock» genannt wurde, eine Wehlener Sonnenuhr-Spätlese 1959, zur Schildkrötensuppe Fino Sherry von Harvey & Bristol, zur Seezunge «Veronique» einen Bâtard Montrachet aus dem Jahr 1985 – *«bloody bastard!»* rief der Vize-Admiral, als er das erste Glas hinuntergegossen hatte –, das Entrée *Roast Partridge* begleitete ein leichter Burgunder, ein Mercurey von 1978. Ein Champagner-Granité mit Limetten – dazu wurden Zigaretten geraucht – unterbrach die Speisenfolge, um für den Höhepunkt des Essens bereitzumachen. Zum Lamm aus Wales kam ein Bordeaux – Château Ducru-Beaucaillou 1926 –, bei dem der Gastgeber darauf hinwies, der Wein sei «tchätto-bottled», eine Schloßabfüllung also. Nun folgte zur *Charlotte russe* nur noch ein Château Climens (Sauternes) 1928, zu den *Savouries* – mit Speck umwickelte, gebratene Pflaumen – ein Tokaier von 1906, zum Stilton-Käse Cockburn Port von 1894, und dann hatten wir auch schon die rettende Planke des Cognacs erreicht. Der Raum schwankte leise, obwohl die scharfrasierten Kellner mit den gestärkten Servietten über dem Arm keine Miene verzogen und jedes geleerte Glas augenblicklich fast bis zum Rand nachfüllten. Manche Gäste sprachen etwas lauter als zu Beginn des Mahles, andere wurden still, denn sie kämpften mit den Wogen einer Brandung, die in ihrem Innern tobte; streckte man die Hand nach etwas aus, dann konnte es sein, daß man danebengriff. Ein Gast forderte Fox's Blood, eine Mischung aus Portwein und Cognac, und brachte allein mit dieser Forderung im Kopf anderer Gäste ein Karussell zum Drehen. «Dummes Zeug», sagte der Vize-Admiral. «Der Fusel vom Kontinent wird uns noch alle verrückt machen.» Zum nächsten Kellner gewandt, fuhr er fort: «Bringen Sie uns jetzt endlich einen ordentlichen Whisky!»

Der Wein der Götter und Helden

Der Tischkönig winkte, und die drei alten Männer, die mit Schalmeien und Dudelsack eine langgezogene, mächtig fließende Melodie gespielt hatten, ließen ihre Instrumente sinken. Er sah auf die lange Tafel: viele kleine Teller und Schüsseln, mehr, als nebeneinander auf der Fläche des Tisches Platz gehabt hätten, waren zu einer kunstvollen Tumulus-Architektur aufgeschichtet worden, die in der Mitte so hoch war, daß die Gäste kaum darüberblikken konnten. Ragouts, Käse, Fische, mit Nüssen und Granatapfelkernen gewürzte Speisen ohne Zahl bildeten den prächtigen Rahmen für das große Spanferkel mit karamelbrauner Haut, in dem lange Messer, geradezu Schwerter steckten. Dem Tischkönig wurde ein ausgehöhltes Stierhorn voll Wein gereicht, das er würdevoll entgegennahm. Es gab keinen Zweifel, welchem seiner beiden Ämter – er war Vize-Außenminister der jungen Republik Georgien und der Tischkönig dieses Gastmahles – der höhere Rang zukam. «Wir kommen zum neunten Toast», sagte er, ohne auch nur eine Spur zu schwanken; er stand eher etwas starr. «Ich bitte euch, nunmehr, nachdem wir schon auf Gott und alle Heiligen, die Helden, die Toten, die Frauen, die Dichter, die Königin Tamara und die Zukunft getrunken haben, den Wein selbst zu feiern. Der Wein und Georgien sind unzertrennlich. Georgien ist ein Kind des Weines, und der Wein ist das Kind Georgiens, das größte Geschöpf unserer an edlen Hervorbringungen überreichen Kultur. Der Wein wird bei uns nicht gemacht, sondern jedes Jahr neu geboren. Er gärt in den riesigen Tonkrügen, in die der Bauer ganz hineinkriecht, wenn er sie reinigt, und reift da wie in großen Bäuchen, die aus unserer georgischen Erde geformt sind. Noah hat bei uns den Wein unmittelbar nach der Sintflut erfunden. Und Dionysos wurde bei uns geboren, der Gott des Rausches, dem wir als gute Christen dennoch weiter opfern dürfen, weil wir die älteste Tochter der Kirche sind und deshalb Privilegien genießen. Der Argonautenzug kam nicht nach Georgien, um das Goldene Vlies zu rauben, das sind nur Verbrämungen der griechischen Mythomanen – er hat den Wein gestohlen und damit die Kultur nach Griechenland gebracht.» Der Tischkönig setzte das Horn an und begann es zu leeren. Fast ein Liter des herben, leichten, nach säuerlichen Äpfeln schmeckenden Weins floß in seinen Mund, ohne daß er absetzte. Der Limonadenfabrikant und der Frauenarzt zogen die Schwerter aus dem Rücken des Schweins und begannen einen Schreittanz. Die Schalmeien wurden wieder geblasen. Drei blonde Frauen in französischen Kostümen saßen schweigend. Sie aßen und tranken nichts und betrachteten aus großen Augen ihre trinkenden und tanzenden Männer. Man stand am Anfang des Gastmahls.

Der Wein der Puritaner

Das hölzerne Städtchen stand so reinlich da, als sei es aus Papier ausgeschnitten. Vor jedem roten Häuschen flatterte die blau-gelbe Fahne; der Sonntag war nahe, und im Hafen wurden die Boote zur Ausfahrt fertiggemacht. Der Mann und die Frau wollten auf eine weit entfernte Schäreninsel hinausfahren und hatten Proviant gekauft. Jetzt fehlten nur noch ein paar Flaschen Wein; darum hatten die Freunde draußen auf der Insel gebeten. «Wo mag hier nur der staatliche Alkoholladen sein?» fragte sich der

Mann. Die Welt war eisig klar, hellblau und weiß, still und verschlossen. Konnte man in diesem Spielzeugstädtchen überhaupt etwas kaufen?

«Wie gut der Staat in Schweden für uns sorgt!» hatte die ehrwürdige alte Dame im weißen Sommerkleid noch am Tag vorher gesagt. «Ist es nicht seltsam, daß in Ländern, in denen Wein wächst, manchmal etwas merkwürdige Geschäftssitten herrschen? Der Wein scheint keine gute Wirkung auf den Charakter zu haben. Wir hier im Norden sind helle, einfache Menschen, durchsichtig wie ein Glas Wasser, aber sowie man in Regionen kommt, in denen Wein wächst, wird alles auf einmal so undurchschaubar. Ich habe von Fällen gehört, in denen arglose Weinkäufer im Süden betrogen worden sind! Empörend, nicht wahr? Wo bleibt da die Sicherheit! Und deshalb regelt der Staat das für uns: Er kauft überall die besten Weine, und wir können sie dann hier, vorzüglich beraten, von ihm erwerben.»

Der staatliche Alkoholladen war der einzige trostlose Fleck des Städtchens. Gelbliche Nylongardinen hinderten den Blick ins Innere. Nichts deutete von außen darauf hin, daß hier Wein zu kaufen war. Das Ehepaar, das den Fremden den Weg wies, kicherte, als habe man nach dem örtlichen Bordell gefragt. Die Verkäuferin im Laden trug die resignierte Trauer einer von der Vergeblichkeit ihres Tuns überzeugten Suchtberaterin zur Schau. Die Liste, auf die sie zeigte, enthielt Weine aus Bulgarien und Kalifornien, Rumänien und Australien, Ungarn und Spanien. Da war auch ein billiger Soave für zweihundertfünfzig Kronen.

Aber die Verkäuferin durfte man doch nicht fragen, ob dieser Soave eher herb oder eher süß sei! In einem staatlichen Alkoholladen werden doch keine Alkoholiker beschäftigt! «Wenn Sie ihn probieren wollen, müssen Sie eine Flasche kaufen, aber Sie dürfen sie nicht im Laden öffnen», und selbstverständlich habe sie keinen Korkenzieher.

Vor der Ladentür drückte der Mann den Korken mit dem Daumen in die Flasche und setzte die Flasche an den Mund. Eine klebrige Flüssigkeit netzte seine Lippen, Bonbonsäure, Schwefel und Saccharin breiteten sich auf der Zunge aus. Vorübergehende warfen ihm strenge Blicke zu: Wie konnte man nur so schamlos sein, gleich vor dem Alkoholladen mit dem Saufen zu beginnen! Der Mann ging in den Laden zurück. «Wir nehmen ein paar Büchsen Bier», sagte er zu der Verkäuferin.

Der Wein der Mysterien

Auf dem Hutbrett im Flur lag das Birett des päpstlichen Hauskaplans mit dem leuchtend roten Pompon, das einzige Zeichen barocker Farbenfreude in der strengen Gelehrtenwohnung. Daß zu seiner Pfarre, wie oft im Rheingau, ein Weingut gehörte, empfand der alte Theologe nicht als unzeitgemäßen Ballast, sondern als etwas höchst Sinnvolles. In den gotischen Kelch, mit dem er das Opfer darbrachte, gelangte auf diese Weise eine Gabe, deren Reinheit er genau kannte.

Die Wände des Arbeitszimmers waren bis zur Decke

mit bräunlichen Bücherreihen bedeckt, griffbereit stand die Gesamtausgabe der Kirchenväter von Migne, in schwarze Wachsleinwand gebunden; das Nachmittagslicht ließ in den vor uns stehenden Gläsern kleine Leuchtherde entstehen.

«Dieser Wein ist das Beste, was ein Wein werden kann», sagte der Geistliche, «Firnewein. Das waren früher gesuchte Weine, aber heute versteht man nichts mehr davon, die Leute glauben, der Wein wäre verdorben. Und er schmeckt ja wirklich auch ganz anders. Bei manchen von meinen Rieslingen tritt die Firne schon nach sechs oder acht Jahren ein, bei anderen erst nach zwölf oder fünfzehn Jahren. Der Wein wird dunkler, und es entsteht der sogenannte Spagniolgeschmack, eine Ahnung von Terpentin, ein Hauch von edlem Harz durchzieht den Wein wie eine bloß in der Phantasie geschlossene Ehe aus Wein und Weihrauch. Vielleicht ist es so, daß der Wein aus Ungeduld und Verzweiflung, immer noch auf seine Verwendung für das Opfer warten zu müssen, einen Versuch der Selbstverwandlung unternimmt.»

Er hatte keinen Scherz gemacht, aber er lächelte trotzdem.

«Der Wein ist ja von Anbeginn zum Opfern bestimmt gewesen. Als im Abendmahlssaal in Jerusalem Wein geopfert wurde, geschah das nicht aus einer Augenblickseingebung heraus, sondern in der bewußten Erinnerung an den geheimnisvollen, fast schon prähistorischen Priesterkönig Melchisedech, der gleichfalls ein Opfer aus Brot und Wein dargebracht hatte. Die Materie eines Opfers steht nicht zur

Disposition. Es stimmt schon: Die sichtbaren Dinge sind nicht die letzte Wirklichkeit, aber sie sind doch eine Art Schrift, mit deren Hilfe das Unsichtbare zur Erscheinung gelangt. Und eine Schrift hat Buchstaben, die nicht ausgetauscht werden können. Wie alle Häresien kommt auch die Vorstellung, man könne den Wein beim christlichen Opfer durch andere Substanzen ersetzen, sehr früh auf. Da gab es um das Jahr 200 im Vorderen Orient eine Sekte, die statt Wein Wasser für die Liturgie nahm, die Aquarier. Zu seinem unsterblichen Ruhm hat der heilige Cyprian von Karthago den aquarischen Wahnsinn in seine Grenzen gewiesen. Obwohl mein Firnewein hier erst zwanzig Jahre alt ist, gibt ihm die Firne doch den Charakter des Uralten, und deshalb grüße ich mit ihm nun den heiligen Cyprian und seinen Kampf gegen die gottlose Unsinnlichkeit!»

Das höchste Feuerwerk der Welt

In den fünfziger Jahren gründete mein Vater eine Arztpraxis, in die zunächst nicht viele Patienten den Weg fanden. Es entsprach seinem Naturell, darüber nicht besonders besorgt zu sein und wie ein arabischer Schuhmacher in seiner Werkstatt zu sitzen und darauf zu vertrauen, daß irgendein Leidender das Schild draußen am Zaun lesen und an der Tür klingeln würde. Die Wartezeit vertrieb er sich mit Lektüre. Auf dem Schreibtisch lagen ein aufgeschlagenes Buch und rechts und links davon seine Hände, die ziemlich klein waren, mit den Sommersprossen des Rothaarigen auf dem Rücken, innen in kräftigem Hellrot und Weiß geradezu leuchtend. Die Fingernägel waren vom Nikotin bernsteinbraun gefärbt. Mein Vater hielt in diesen Händen niemals etwas, was schwerer war als eine Zigarette oder ein Buch. Von den Büchern liebte er die leichten, Reclamheftchen waren für ihn die schönste Darreichungsform für Literatur.

In meiner Erinnerung ist mir, als seien in diesen

Jahren weniger Patienten zu meinem Vater in die Praxis gekommen, als daß er sie aufgesucht hätte. Krankenbesuche in der Nacht oder an hohen Feiertagen, die gab es häufiger. Wenn eine normale Arztpraxis geschlossen war, blühten seine Chancen. Es gefiel ihm, gerufen zu werden und nicht zu rufen. Ich stelle mir vor, daß die Kranken, die an solchem Tag und zu solcher Stunde um Hilfe baten, durch die sanfte Bereitwilligkeit seiner Stimme am Telephon schon halb beruhigt waren.

So eilte er auch an einem Sylvesternachmittag in die sinkende bläuliche Dämmerung hinein; eine aufgeregte Frauenstimme hatte ihn fortgerufen. Als er zurückkehrte, war es vollends dunkel geworden. Mein Bruder und ich tranken Kakao im Kinderzimmer und waren in Erwartung eines friedlichen Sylvesterabends, an dem es Karpfen geben sollte – für uns Kinder die geringere Freude –, und auch Bleigießen war angekündigt worden. Feuerwerk war eine Denkunmöglichkeit, sosehr mein Bruder und ich das auch vermißten. Wer hätte bei uns ein Feuerwerk abbrennen sollen? Raketen galten außerdem als «gefährlich». Ich nehme an, so sollte die Sehnsucht der Kinder besänftigt werden. Man hörte in bürgerlichem Milieu Mißbilligendes über das «Geld-aus-dem-Fenster-Hinausschießen», wobei die Funken in einem Raketenschweif ja wirklich etwas von durch die Luft gestreuten Nuggets haben.

Auf der anderen Straßenseite wohnte im Souterrain ein Hausmeister mit schlampiger Frau und vielen Kindern: Diese Leute würden in der Sylvesternacht Knallfrösche zünden und Raketen in großer Zahl abschießen – die schiere Unvernunft, aber meine ganze Hoffnung ging dahin, daß sie nie aufhören würden, unvernünftig zu sein.

Mein Vater kehrte mit einem großen Paket von seinem Krankenbesuch zurück. Die Pappschachtel konnte den Inhalt kaum bergen, Holzstäbe sahen gelb und splittrig daraus hervor. Es war etwas geschehen, das auf überwältigende Weise meine geheimsten Phantasien erfüllte, von denen ich mich mit wachsender Verständigkeit schon loszusagen begann – ich erlebte eine Erfüllung, nachdem ich auf sie eigentlich schon verzichtet hatte. Mein Vater war zu einer Feuerwerksfabrikantin gerufen worden, das gab es wirklich! Die Dame hatte ihre Dankbarkeit ausgedrückt, indem sie uns ein Feuerwerk aus ihrer Produktion schenkte, wie der Metzger kleinen Buben ein Stück Wurst reicht. Mein Vater hatte es angenommen, auch dies war eine Überraschung. Plötzlich waren die Bedenken gegenüber Feuerwerken aufgehoben. Das Feuerwerk selbst setzte sie außer Kraft.

Es knallte schon in der Stadt. Lange vor Mitternacht kündigte sich die Lust- und Prachtbeschießung des Winterhimmels durch das Geknatter kleiner Papierbömbchen an. Würde mein Vater neben dem Hausmeister von gegenüber unser Feuerwerk abschießen? Der Inhalt des Kartons würde alles dort drüben unvernünftig Angeschaffte in den Schatten stellen. Aber stellen Raketenexplosionen etwas in den Schatten? Heben sie nicht alles in verschwenderisches, funkelndes Licht?

Mein Vater war aus seiner träumerischen Sanftheit aufgewacht. Das Feuerwerk in seinem schlafenden Zustand hatte nicht nur mich verändert. Er hatte sich niemals mit dem Gedanken an ein Feuerwerk getragen, aber jetzt trat er aus der vollständigen pyrotechnischen Indifferenz in einen begeisterten Zustand ein, in dem er das Feuerwerk zu noch größeren Höhen steigern wollte. Ja, er würde dieses Feuerwerk abbrennen, aber er wollte das äußerste herausholen, was in einem Feuerwerk steckte. Er wollte es zum Kohinoor, zum höchsten und prächtigsten Krönungsdiamanten aller Feuerwerke unserer Stadt machen, er wollte es in die Gesamtheit der von ihm bis heute noch nie geschauten Feuerwerke der ganzen Tiefebene am Fluß einfügen.

Diese Flußebene, in der Frankfurt liegt, wird im Nordwesten vom Taunus begrenzt, dessen höchster Berg, der Feldberg, immerhin achthundert Meter hoch ist. Man blickt von seiner Kuppe weit über das Land. Das Feuerwerk aller Frankfurter und der Dorf- und Kleinstadtbewohner ringsum würde, von hier oben betrachtet, zu einem einzigen, die ganze Landschaft überwölbenden Sternennebel werden. Meine Mutter suchte nach jedem Argument, das ihr gegen die in der Begeisterung meines Vaters sich drohend abzeichnende Unternehmung einfiel: Es sei zu spät, zu kalt, zu dunkel, zu unvorbereitet, zu plötzlich, zu verrückt. Aber das Bild, das mein Vater entwarf, war verführerisch, und er selbst war längst davon verführt: im Anblick der das nachtschwarze Bergmassiv umspielenden hunderttausend Feuerwerke hoch oben noch ein eigenes, alles übertreffendes Feuerwerk in die Luft zu schießen.

Niemand war in der Sylvesternacht zum Feldberg unterwegs. Meine Mutter saß am Steuer, mein Vater unterhielt uns mit Ausmalungen der kommenden Ereignisse. Er war aus seiner uns vertrauten Gedankenversunkenheit aufgetaucht. Wir spürten, daß ihm das Vorhaben wichtig war. Er lebte in seinen Büchern und seiner Phantasie, aber dieses eine Feuerwerk über der Mainebene, das heute unverhofft und unangestrebt möglich geworden war, das sollte, von all den vielen Plänen, die unverwirklicht blieben, nun einmal Wirklichkeit werden. Wir saßen im Dunkel zusammen und lauschten ihm. Draußen war alles dick verschneit. Die Schneekissen auf den Tannenbäumen umhüllten unsere Fahrt. Auch die Straße war weiß. Meine Mutter fuhr langsam. Als die Steigung steiler wurde, rutschte der Wagen ein wenig. «Wenn wir jetzt hier stehenbleiben ...» In ihrer Stimme klangen Furcht und Vorwurf. Sie mißtraute den Plänen ihres Mannes, und sie mißtraute sich selbst, weil sie ihnen, wenn auch mit Bedenken und Befürchtungen, stets folgte. Wir waren in diesem Winterwald in vollständiger Einsamkeit. Der Pulverschnee auf der Straße war nicht hoch, zeigte aber keine Spuren. Die Tannenbäume waren Schneemänner, die immer enger zusammenrückten.

«Wenn wir oben sind, wird sich die Landschaft um uns herum ausbreiten. Wir werden die Lichter von Frankfurt als großes, die ganze Ebene ausfüllendes Meer erleben.»

«Wird man unser Feuerwerk auch von Frankfurt aus sehen können?» Meine Frage hatte einen Hintergedanken.

«Selbstverständlich», antwortete mein Vater. «Unser Feuerwerk wird das höchste sein.»

«Wird es auch der Hausmeister von gegenüber sehen?»

«Er könnte es sehen, wenn er den Himmel betrachten würde. Aber er wird es nicht sehen, denn dieser Mann interessiert sich nur für sein eigenes Feuerwerk.»

Das war eine jener Bemerkungen meines Vaters, in denen sich seine Autorität für mich bestätigte: Daß er den Hausmeister richtig erkannt hatte, leuchtete mir sofort ein. So würde er auch alles andere richtig planen und erkennen.

Diese Überzeugung verließ mich nicht, als wir oben auf dem Feldberg angelangt waren und auf dem Parkplatz anhielten. Eben noch hatten uns die schneebedeckten Tannen umgeben, jetzt sahen wir überhaupt nichts mehr. Wir waren in eine Nebelwolke hineingefahren, die auf dem Gipfel des Feldberges wie ein weicher Haufen von feinem Mehl lag. Die Scheinwerfer des Autos schufen einen kleinen überhellen Raum, den weiße Höhlenwände begrenzten. Wir hatten Taschenlampen dabei und trieben in die verschiedensten Richtungen Lichtkeile in die weiße Nacht. Der Himmel war ganz verschwunden, die Ebene mit dem weithin ausgebreiteten Frankfurt gleichfalls. Unsere Stimmen klangen laut, unsere Schritte ließen den Schnee knirschen. Wir waren im Niemandsland angekommen. Aber ich war immer noch davon überzeugt, daß bei der Zündung der ersten Rakete die geschilderten Lichtsensationen im Tal und am Himmel sichtbar würden.

Mein Vater muß wie ich empfunden haben. Er leistete jeder Enttäuschung Widerstand. Das innere Bild war bei ihm immer stärker als das, was bloß die Augen sahen. Wir standen alle unter seinem Bann; sogar meine Mutter murmelte Skeptisches nur, behutsame Vorschläge, wieder umzukehren, aber nicht drängend. Ihr Gesicht war hinter dicken Schals fast ganz verborgen. Sie harrte aus, während mein Vater im Schein meiner Taschenlampe den Feuerwerkskarton öffnete. Niemals wieder habe ich eine solche Menge prachtvoller Feuerwerkskörper gesehen, ein solch verheißungsvolles Bündel von Papprollen, in denen es rasselte, von prall mit Schießpulver gestopften Paketchen, von Holzstäben, die dazu bestimmt waren, vom zischenden Feuerschweif in die Lüfte getragen zu werden.

Eine leere Weinflasche wurde in den Schnee gepflanzt. Mein Vater suchte eine besonders lange, buntbedruckte Rakete aus und senkte ihren Stab in den Flaschenhals, genau so, wie der Hausmeister gegenüber das gemacht hätte. Nein, nicht ganz genau so – die Rakete war für die Flasche zu lang, sie stand schräg darin; hätte die Flasche keinen Halt im Schnee gehabt, sie wäre umgefallen.

«Sei vorsichtig!» rief meine Mutter, während mein Vater die beschlagene Brille abnahm und sich kurzsichtig über die Zündschnur beugte. Es spratzelte und zischte. Die Rakete hatte sich in ihrer Schrägstellung irgendwie verklemmt, spuckte, ohne sich zu rühren, kraftvolle Feuerswut, schoß dann aus dem Glashals, knallte gegen die Autotür, prallte wie eine Billardkugel ab und raste zwischen unseren Beinen hindurch in eine Schneewehe, in der sie steckenblieb. Aus dem weißen Berg glomm es, als glühe drinnen das Rheingold auf. Dann, als die Rakete sich ohnmächtig ausgehustet hatte, umfing uns wieder die Schwärze. Nie zuvor bin ich derart ganz und gar von Schwärze und zugleich Weiße eingehüllt worden.

Meine Mutter jammerte nicht; aber sie hatte begriffen, daß sie sich ein weiteres Mal gegen ihre innere Stimme den Überredungen dieses Mannes anvertraut hatte. Sie handelte unverzüglich. Mein Bruder und ich würden das weitere Feuerwerk vom Auto aus betrachten. Unterdessen zündete mein Vater die zweite Rakete, diesmal ohne sie in die Flasche zu stecken, sondern gleich in den Schnee.

Er sprang in einem Satz zurück, meine Mutter hielt die Hände vors Gesicht. Die Rakete schoß empor, einen rotgoldenen Feuerschweif hinter sich. Dann war sie verschwunden, vom Nebel verschluckt, als habe es sie nie gegeben. Nicht ein Fünkchen leuchtete durch das Wolkendickicht. Die Welt war sehr eng geworden. Wer sich aus dem nächsten Umkreis des Autos entfernte, fiel aus ihr heraus.

Mein Vater kramte im Karton. Es mußte da auch Bomben und dergleichen geben, die ihre Wirkung am Boden und in größerer Nähe entfalteten. Meine Mutter mahnte mit schärferer Stimme. Es war ihr jetzt klargeworden, daß die gesamte Unternehmung «ein Blödsinn, eine Narretei» sei, wie sie schonungslos sagte. Zum Glück unternahm sie nicht den Versuch, meinem Vater die feuerspuckende kleine Bombe aus der Hand zu nehmen, die er am ausgestreckten Arm vor sich hielt, bereit, sie von sich zu schleudern. Es knallte frisch und laut und echolos, wie in einem isolierten Tonstudio.

Meine Angst vor dem Anblick eines verletzten Körpers hat die folgenden Bilder fein säuberlich aus meinem Gedächtnis entfernt. Wie groß war die Wunde, die die kleine Bombe in die Hand meines Vaters riß? Ich erinnere mich nur noch an das blutdurchtränkte Taschentuch, das er sich umgebunden hatte. Er schwieg, weil er seine Kraft dazu brauchte, den Schmerz auszuhalten. Dafür entfalteten die Vorwürfe meiner Mutter sich jetzt frei und wortreich. Wir waren wieder im warmen Auto versammelt und rutschten wie auf Schlittenkufen zu Tal.

«Ich finde, wir sollten unseren Ausflug nicht zerreden», sagte mein Vater, als er die ersten heftigen Schmerzattacken überwunden hatte. «Bei etwas besserem Wetter hätten wir einen erstaunlichen Ausblick gehabt – ich finde, daß man sich das sogar heute mit etwas Phantasie gut vorstellen konnte. Es fehlte nicht viel, und wir hätten die ganze Landschaft wie in der Vorgeschichte voll kochender Vulkane erlebt – das habe ich immer einmal sehen wollen.» Seine Stimme klang warm und dankbar und zutiefst zufrieden, und tatsächlich wurde ich Jahre später Zeuge, wie er mit bewegten, gleichsam feurigen Worten von dem unvergeßlichen, überwältigenden Erlebnis einer Sylvesternacht auf dem Feldberg erzählte, mit dem Glühwürmchengeglitzer der tausend Frankfurter Feuerwerke zu Füßen, ein Gefunkel, das sich bis zum Horizont ausgedehnt habe.

Die Idee

Ich habe eine solche Überfülle von großartigen Ideen, daß ich sie gar nicht alle umsetzen kann. Man begreife zunächst eines: Ich verstehe mich nicht eigentlich als Künstler – gewiß, man hat mir immer wieder bescheinigt, daß ich das Zeug zum Künstler hätte, mehr vielleicht als mancher, der sich als Künstler in der Öffentlichkeit feiern läßt und im Grunde nur Armseliges vorweisen kann, aber ich bin in diesem Punkt stets allen Versuchungen ausgewichen und habe gesagt: Nein, ich bin zwar hoch begabt, aber wenn ich diese Begabung analysiere, dann finde ich sie nicht eigentlich künstlerisch. Ich bin letztlich Erfinder, Ideengeber. Das Umsetzen interessiert mich dann oft gar nicht mehr so sehr – ich bin ungeduldig. Wenn ich eine Idee habe – *eine Idee*, das ist geradezu ein Witz, ich meine natürlich zehn Ideen, hundert Ideen –, dann will ich sie auch sofort verwirklicht sehen, oder ich wende mich anderen, wichtigeren Dingen zu. Das Leben ist kurz. Wer hat das gesagt? Das ist so knapp, so zusammengerafft ausgedrückt, ein aufs äußerste komprimierter, gleichsam eingedampfter Gedanke, wie es nur den ganz großen Denkern gelingt, die Flachköpfe schwatzen herum und stehlen ihren Mitmenschen die kostbare Zeit – widerwärtig. Andere müssen darum kämpfen, mit ihren grandiosen Ideen überhaupt einmal irgendwo Gehör zu finden, und da schwatzt sich das einen Stiefel zusammen.

Nehmen wir zum Beispiel Indien. Als ich neulich über Indien nachdachte und mich fragte, wieviel von den natürlichen Ressourcen dieses Landes brachliegt, während die Menschen auf der Straße beinahe verhungern, da fehlte nicht viel, und ich hätte sehr traurig mit dem Kopf gewakkelt. Aber für Sentimentalitäten ist die Zeit zu kurz, vor allem wenn man etwas ändern, wenn man helfen will.

Indien ist ja, ein jeder weiß es, das Land der Edelsteine: Rubine, Smaragde, Brillanten, Saphire, alles, was das Herz begehrt, wächst im indischen Boden – anstatt Brot Steine, könnte man sagen, aber darauf will ich nicht hinaus. Ja, ich weiß schon, was man mir jetzt entgegenhalten wird – ich bin nämlich immer auf alle Gegenargumente vorbereitet: Die indischen Edelsteine sind nicht besonders hochwertig, sie sind nicht besonders lupenrein, sie bringen nicht viel, der indische Edelsteinmarkt ist ein Billigmarkt.

Richtig, rufe ich da, alles völlig richtig – aber darauf beruht ja gerade meine Idee. Wenn zu mir jemand kommt, um mich zu widerlegen, dann stellt sich meistens heraus, daß seine Einwände von mir nicht nur alle längst berücksichtigt sind, sondern daß sie sogar die Grundlage zu dem bilden, was ich mir ausgedacht habe. Von diesen billigen indischen Edelsteinen – billig ist hier vielleicht gar nicht das richtige Wort, ich meine preisgünstig, es geht mir auch wahrlich nicht darum, den Eindruck des Billigen zu erwekken, sondern den des Außerordentlichen, des Luxuriösen, des wirklich durch Verschwendung Verblüffenden –, von diesen also eher kostengünstigen indischen Edelsteinen gilt es zunächst, sich eine größere Menge zu beschaffen, was überhaupt kein Problem ist, die Steine werden einem nachgeschmissen. Und damit meine ich nun nicht einfach und wahllos Edelsteine, sondern nur ganz bestimmte, und ich bin gespannt, was Sie sagen, wenn Sie hören, welche, dann könnten Sie nämlich bereits ahnen, was ich da im Auge habe.

Mir geht es vor allem um blaue, um blaue aller Schattierungen und Töne bis hin zu mehr oder weniger grünlichen, blau-grünen, petrolfarbenen, also nicht nur um Saphire, Aquamarine, Mondsteine, Bergkristalle, Diamanten – ja, auch Diamanten, warum nicht Diamanten –, sondern Amethyste, Lapislazuli, Perlen könnten auch dabei sein, warum keine Perlen, Türkise, hellgrüne Jade – Sie sehen, ich habe mich gut informiert, mir macht in puncto blau-grüne Steine niemand mehr etwas vor, ich habe mich nämlich vorbereitet. Wenn man eine Idee vorstellen und wirklich von ihr überzeugen will, muß man gut vorbereitet sein, sonst hören die Leute teilnahmslos zu und stehlen einem nachher die Idee – alles schon vorgekommen. Die Leute, die einen beim Vortrag am meisten zu entmutigen versuchen, sind diejenigen, die den einzigartigen Wert einer Idee erkannt haben und dazu entschlossen sind, sie zu stehlen. Und wenn dann der Erfinder der Idee nicht genügend vorbereitet ist, dann geschieht es ihm im Grunde recht.

Zurück zu meinen Steinen. Was fällt Ihnen auf, wenn ich diese Steine alle aufzähle? Was sehen Sie bei diesem blau-grünen Geriesel vor sich? Geriesel – jetzt ist mir's herausgerutscht, jetzt ist es nicht mehr schwer. Richtig, Sie haben richtig geraten, wobei ich es Ihnen allerdings ziemlich leichtgemacht habe. Sie sehen *Wasser* vor sich. Wenn es in der Dichtung etwa heißt, daß das Wasser über die Steine «perlt» – da ist die Assoziation Perle ja bereits ausgesprochen. Es gibt aber auch andere ganz große Dichter, die diese Verwandtschaft der Edelsteine zum Wasser gesehen und in der Lyrik zur Sprache gebracht haben – sagt man bei Brillanten nicht sogar «reinsten Wassers»? Das fällt mir jetzt ein, wo ich Ihnen die Geschichte erkläre, das habe ich vorher gar nicht bedacht, aber es zeigt mir, daß ich auf der richtigen Spur bin, alles kommt mir entgegen. Ja, so ein Bächlein im Sonnenlicht, das sprudelt und glitzert und schimmert und perlt – Perlen hatten wir ja schon, in diesem Punkt sind wir ohnehin d'accord.

Na, und wo ist denn jetzt die Idee, höre ich die Ungeduldigen fragen. Am besten wäre es jetzt zwar, wenn ich ein Blatt Papier hätte, ein genügend großes, aber es wird ausnahmsweise vielleicht auch einmal ohne gehen. Ich muß eben zu einer gewissen Sprachgewalt finden, um das innere Bild zu erzeugen. Wenn Sie meine Idee innerlich vor sich sehen, habe ich gewonnen. Ich bin Eidetiker und kann mir ohnehin alles vorstellen, aber da hapert es bei den meisten. Die meisten können sich eine Sache noch nicht einmal vorstellen, wenn sie vor ihr stehen.

Also: ein Aquarium. Natürlich kein Aquarium, aber ein großes Becken, das aussieht wie ein Aquarium. Am besten vollständig aus Glas, ohne Rahmen. Wenn kein Rahmen da wäre, würde die Illusion perfekt. Selbstverständlich könnte das Becken aus Plexiglas sein, wäre sogar besser, wäre womöglich stoßfester und damit sicherer. Ich bedenke bei all meinen Ideen immer auch den Sicherheitsaspekt. Manche sagen, daß ich ein vorzüglicher Versicherungsfachmann geworden wäre. Meine Theorie dazu ist folgende: Versicherungsfachleute werden meist Personen, die dafür eigentlich überhaupt nicht begabt sind. Wer wirklich begabt ist für eine Sache, hat meist auch noch andere Begabungen und wird deshalb selten Fachmann, sondern eher Berater, einer, der an allen Fäden zieht.

So sicher das Plexiglasbecken allerdings auch wäre, es ist nicht kratzfest. Jetzt habe ich mich schon wieder verraten. Wer mitgedacht hat, weiß jetzt, daß das Becken kratzfest sein müßte – und warum? Sollen da am Ende die Edelsteine ... ?

Ja, genau, Sie haben's erraten. Die Edelsteine sollen in der bunten Mischung, die ich Ihnen skizziert habe, in dies Becken hineingeschüttet, man könnte nun auch schon sagen: gegossen werden. Es sollen schließlich Säcke voll Edelsteinen sein, nicht geschliffen, schön natürlich rund und ruhig auch minderwertig, voller Einschlüsse – ich wette, das bemerkt kein Mensch, wenn sie erst einmal in dem Becken liegen.

Ja, was sollen aber zehn Kilo indische Edelsteine, bunte Mischung, in einem Plexiglasbecken? Jetzt kommt's. Meine Idee zeichnet sich immer deutlicher ab. Sie wird plastisch, schaubar, und Schaubarkeit ist auch ihr eigentliches Ziel: Der Gedanke ist, das Flüssigste, was es gibt, das Wasser – ich weiß auch, daß das physikalisch so nicht mehr stimmt –, also das Flüssigste durch das Feste-ste, den Edelstein, verkörpern zu lassen. Das ist ein ganz großer Stoff. Wie aber sollen Edelsteine, und seien sie noch so blau, viel blauer als die Donau – das war nur ein Scherz, denn die Donau ist ja gar nicht blau –, aussehen wie Wasser, wie Wasser scheinen, flüssig, körperlos, irisie-rend – das geht doch gar nicht. Über diesen Punkt habe ich lange nachgedacht. Und ich bin auf eine ganz einfache, ganz leicht zu verwirklichende Lösung gekommen, viel billiger als die gesamten bisherigen Vorbereitungen. Ich nehme ein Rührgerät, einen stinknormalen Küchenmi-xer für Hausfrauen, allerdings mit extra starkem Motor, einen frisierten Mixer gleichsam, und vergrabe ihn unter den Edelsteinen – man bedenke, daß in dem großen Bek-ken unter diesem Haufen von Steinen genügend Platz für einen unsichtbar bleibenden Küchenmixer sein müßte. Und nun wird er angeknipst, und, unmerklich zunächst, beginnt sich das Rührwerk durch die Steine zu graben und wälzt sie um und gräbt sie um, spült manche nach oben und reißt in Wirbeln andere nach unten: Ein Wellenspiel, ein Schwappen, ein Wogen wird das in dem Plexiglasbek-ken geben. Ich verspreche mir davon ein Schauspiel im buchstäblichsten Sinne des Wortes: ein Schau-Spiel.

Nun könnte es allerdings sein, daß mancher Betrachter immer noch nicht versteht, was wir wollten. Ich sehe einen einfältigen Mann vor mir, der sagt: Das ist ein Haufen Edelsteine, die von einem Küchenmixer irgendwie gequirlt werden. Es gibt zwei Haltungen gegenüber solchen Leuten: die eine – ignorieren, gar nicht hinhören. Das ist oft das klügste. Ich finde aber doch, daß man sich auch um solche Leute bemühen muß. Wir arbeiten ja nicht zum Vergnügen, sondern weil wir helfen, Augen öffnen, die Sinne weit machen wollen.

Und deshalb habe ich mir noch eine Hilfestellung ausgedacht: Wenn der Mixer angestellt wird, kommt aus dem Lautsprecher – Bachgeriesel, das Gluckern und Rauschen eines Gebirgsbachs, der über bunte Kiesel zu Tal springt. Der Betrachter wird erst einmal zum Hörer, vom Hörer zum Versteher, vom Versteher zum Seher und hat, bevor er sieht, das Begreifen schon vorweggenommen, er sieht als ein *bereits Begriffenhabender*. Und natürlich könnte man den hilfestellenden Charakter noch ausbauen bis zur völligen Naturähnlichkeit, durch einen sich drehenden Scheinwerfer etwa, der die sich emporwälzenden Steine aufblitzen läßt wie Wellen und silberne Fischleiber.

Ich habe sogar daran gedacht – aber jetzt vorsichtig, ich sehe die Besorgnis in Ihren Augen, wenn Sie hören: Plastikblumen – ja, ich weiß, Plastikblumen sind gemeinhin scheußlich, aber es gibt auch schöne, sogar sehr schöne, die kennen Sie bestimmt, sind auch nicht billig, und von diesen ausgesucht schönen Plastikblumen könnte man zum Beispiel eine Seerose oder eine Sumpfdotterblume oder ähnlich feuchtes Gewächs auf den steinernen Wellen treiben lassen, als Zitat, als Allusion.

Plastikblumen finden Sie definitiv nicht gut? Auch als ganz bewußten Gegensatz zur Kostbarkeit der Steine nicht? Kann ich verstehen. Man kann sie aus dem Entwurf streichen, kostenmäßig fallen sie beinahe gar nicht ins Gewicht, und ästhetisch – nun, sind sie entbehrlich, das stimmt schon.

Und für den Drehscheinwerfer hätten wir dort oben keinen Anschluß? Ist völlig ausgeschlossen?

Das macht nichts, ist sogar eine Verbesserung, denn Drehscheinwerfer haben doch etwas furchtbar Veraltetes, sofort denkt man an eine Dorfdiskothek, nein, nein, weg damit – ich wollte den Entwurf nur in möglichst ausgebauter Form präsentieren, das waren Vorschläge, noch nicht ausgearbeitet.

Sie glauben, daß der Küchenmixer da unten heißlaufen und vielleicht allzuoft reparaturbedürftig sein wird?

Ja, gewartet werden muß die Arbeit schon, wenn sie nicht gewartet wird, dann können Probleme entstehen. Nehmen wir an, der Mixer fiele aus, aber das Wasserrauschen käme weiter von der Schallplatte, dann wäre das doch eigentlich kein Unglück, nicht wahr?

Ach, die Schallplatte wollen Sie auf gar keinen Fall haben? Sie wollen, daß in dem Raum Ruhe herrscht? Vollständige Ruhe?

Das gefällt mir aber sehr gut! Meditative Ruhe, das ist es, was ich im Innern des Betrachters auslösen möchte. Ja, stellen wir den Raum ruhig – die Edelsteine völlig unbewegt, unbeschallt, uninterpretiert, ungeschmückt, nackt, rätselhaft – und dazu Stille.

Dazu könnte ich mir allerdings noch eine Steigerung vorstellen. Sehen Sie, ich weiß, Sie hängen an meiner Idee, sie hat auch einen Riesencharme, aber davon muß man sich auch wieder lösen können. Meine Arbeit besteht häufig darin, mich auch wieder von gewissen Lieblingsvorstellungen zu lösen, so schmerzlich das oft ist.

Sehen wir es doch einmal ganz kalt: Solch ein dicker Haufen Edelsteine in einem verkratzten, allmählich vergilbenden Plexiglasaquarium, das ist doch keine rechte Freude. Ein Aquarium ist für sich gesehen schon ein Horror. Und dann dieser indische bunte Ramsch, und wenn man bessere Qualität nimmt, macht man es im Grunde noch schlimmer. Einfach zu viel plumpes Material, aufdringliche Gegenwart von ungeistiger, teurer, geschmackloser Masse. Geschmacklos, das ist das Wort. Solch ein Edelsteinhaufen wäre einfach eine grobe Geschmacklosigkeit. Weg damit – so schön es wäre. Wir können dabei nur gewinnen.

Sehen Sie es vor sich? Der Betrachter kommt herein, und es umfängt ihn Ruhe, Stille, Nichts. Und nun muß man diese Stille nur noch vertiefen. Wie man Stille vertiefen kann? Da lassen Sie mich mal nur machen, da habe ich eine phantastische Idee.

Die hier versammelten Stücke sind bereits in der *Süddeutschen Zeitung*, der *Frankfurter Allgemeinen Zeitung*, dem *Focus* und in der *tageszeitung* erschienen und wurden für diese Ausgabe geringfügig überarbeitet.

MIX
Papier aus verantwortungsvollen Quellen
FSC® C083411

Das für dieses Buch verwendete Papier ist FSC®-zertifiziert.